El miedo

El miedo

Guy de Maupassant

Biblioteca de El Sol

Cubierta: Rodrigo Sánchez, sobre dibujo de Miguel Gutierrez

ISBN : 84-7969-108-5
Depósito legal: M-28201-91
Impreso por: Altamira, S.A.I.G.

El miedo

A. J.-K. Huysmans

Volvimos a subir al puente después de cenar. Ante nosotros, el Mediterráneo no presentaba el menor estremecimiento en toda su superficie, que una gran luna tranquila tornasolada. El gran barco se deslizaba, lanzando al cielo, que parecía sembrado de estrellas, una gran serpiente de humo negro; y, detrás de nosotros, el agua blanquísima, agitada por el rápido paso de la pesada embarcación, batida por la hélice, espumeaba, parecía retorcerse, removía tantas claridades que daba la impresión de un hervor de luz de luna.

Allá estábamos, seis u ocho, silenciosos, admirativos, con los ojos vueltos hacia el África lejana adonde nos dirigíamos. El capitán, que fumaba un cigarro con nosotros, reanudó de pronto la conversación de la cena.

«Sí, ese día tuve miedo. Mi navío permaneció seis horas con aquella roca en la barriga, batido por el mar. Felizmente fuimos recogidos, hacia el anochecer, por un carbonero inglés que nos divisó.»

Entonces un hombre alto de rostro tostado, de aspecto grave, uno de esos hombres que se nota que han cruzado grandes regiones desconocidas, entre peligros incensantes, y cuyos ojos tranquilos parecen conservar, en sus profundidades, algo de los paisajes extranjeros que han visto, uno de esos hombres que se adivinan templados en el valor, habló por primera vez:

«Dice usted, capitán, que tuvo miedo; no lo creo. Se equivoca usted de palabra, y sobre la sensación que experimentó. Un hombre enérgico jamás tiene miedo ante el peligro presente. Está emocionado, agitado, ansioso; pero el miedo es otra cosa.»

El capitán prosiguió, riendo:

«¡Caray! Puedo asegurarle que fue miedo lo que tuve.»

Entonces el hombre de tez bronceada pronunció con voz lenta:

* * *

—¡Permítame explicarme! El miedo (y hasta los hombres más osados pueden tener miedo) es algo espantoso, una sensación atroz, como una descomposición del alma, un horrible espasmo del pensamiento y del corazón, cuyo mero recuerdo provoca estremecimiento de angustia. Pero eso no se produce, cuando uno es valiente, ni ante un ataque, ni ante la muerte inevitable, ni ante todas las formas conocidas de peligro; se produce en ciertas circunstancias anormales, bajo ciertas misteriosas influencias, frente a riesgos vagos. El verdadero miedo es algo así como una reminiscencia de los terrores fantásticos de otros tiempos. Un hombre que cree en los aparecidos, y que se imagina distinguir un espectro en la noche, debe experimentar el miedo en todo su tremendo horror.

Por mi parte, supe lo que es el miedo en pleno día, hace unos diez años. Y volví a sentirlo, el invierno pasado, en una noche de diciembre.

Y sin embargo he pasado por muchos riesgos, por muchas aventuras que parecían mortales. He luchado muchas veces. Unos ladrones me han dejado por muerto. Fui condenado a la horca, por insurrecto, en América, y arrojado al mar desde el puente de una embarcación en las costas de China.

Cada una de esas veces me creí perdido, y de inmediato tomé una decisión, sin enternecimientos e incluso sin quejas.

Pero el miedo no es eso.

Lo presentí en África. Y sin embargo es hijo del Norte; el sol lo disipa como a la niebla. Fíjense bien en esto, señores. Entre los orientales, la vida no importa gran cosa; en seguida se resignan; las noches son claras y vacías de leyendas, las almas también están vacías de las sombrías inquietudes que acosan a los cerebros en los países fríos. En Oriente se puede conocer el pánico, pero se ignora el miedo.

Pues bien: he aquí lo que me ocurrió en esta tierra de África:

Cruzaba las grandes dunas del sur de Uargla. Es una de las tierras más extrañas del mundo. Ustedes conocen la arena lisa, la arena recta de las interminables playas del Océano. ¡Pues bien!: imagínense el propio Océano convertido en arena en pleno huracán; figúrense una silenciosa tempestad de olas inmóviles de polvo amarillo. Son altas como montañas, esas olas desiguales, diferentes, agitadas al igual que mareas desencadenadas, pero aún mayores y estriadas como el moaré. Sobre esa mar furiosa, muda y sin movimiento, el devorante sol del sur vierte su llama implacable y directa. Es preciso subir esas láminas de cenizas de oro, volver a bajar, subir de nuevo, subir sin cesar, sin tregua y sin una sombra. Los caballos resuellan, se hunden hasta las rodillas, resbalan al bajar la otra vertiente de esas sorprendentes colinas.

Éramos dos amigos, seguidos por ocho espahíes y por cuatro camellos con sus camelleros. Ya no hablábamos, abrumados por el calor, la fatiga, y tan muertos de sed como aquel desierto ardiente. De repente uno de los hombres lanzó una especie de grito; todos se detuvieron; y nos quedamos inmóviles, sorprendidos por un inexplicable fenómeno conocido por los viajeros de esas comarcas perdidas.

En alguna parte, cerca de nosotros, en una dirección indeterminada, sonaba un tambor, el misterioso tambor de las dunas; sonaba claramente, unas veces más vibrante, otras debilitado, se detenía, y después proseguía su redoble fantástico.

Los árabes, espantados, se miraban; y uno dijo, en su lengua: «La muerte está cerca.» Y he aquí que de repente mi compañero, mi amigo, casi mi hermano, cayó del caballo, de cabeza, fulminado por una insolación.

Y durante dos horas, mientras yo intentaba en vano salvarlo, aquel tambor inasible me llenó los oídos con su ruido monótono, intermitente e incomprensible; y yo sentía deslizarse por mis huesos el miedo, el verdadero miedo, el repelente miedo, ante aquel cadáver amado, en aquel agujero incendiado por el sol entre cuatro montes de arena, mientras el eco desconocido nos lanzaba, a doscientas leguas de todo pueblo francés, el rápido sonido del tambor.

Ese día comprendí lo que era tener miedo; pero lo supe aún mejor en otra ocasión...

El capitán interrumpió al narrador:

«Perdón, caballero, pero ¿aquel tambor? ¿Qué era?»

El viajero respondió:

No lo sé. Nadie lo sabe. Los oficiales, sorprendidos a menudo por ese ruido singular, lo atribuyen generalmente al eco agrandado, multiplicado, desmesuradamente reforzado por las ondulaciones de las dunas, de una lluvia de granos de arena arrastrados por el viento y que tropiezan con una mata de hierbas secas; pues se ha observado siempre que el fenómeno se produce en las cercanías de pequeñas plantas abrasadas por el sol, y duras como el pergamino.

Ese tambor no sería, pues, más que una especie de espejismo del sonido. Eso es todo. Pero sólo me enteré de ello más adelante.

Llego ya a mi segunda emoción.

Era el pasado invierno, en un bosque del nordeste de Francia. La noche cayó dos horas antes, tan oscuro estaba el cielo. Llevaba de guía a un campesino que marchaba a mi lado, por un caminito, bajo una bóveda de abetos de los que el viento desencadenado arrancaba aullidos. Entre las copas, yo veía correr nubes en desorden, nubes enloquecidas que parecían huir de algo espantoso. A veces, bajo una inmensa ráfaga, todo el bosque se inclinaba en el mismo sentido con un gemido sufriente; y el frío me invadía, pese a mi paso rápido y mis pesadas ropas.

Teníamos que cenar y dormir en casa de un guarda forestal cuya morada ya no estaba muy lejos. Yo iba allí a cazar.

Mi guía, a veces, alzaba los ojos y murmuraba: «¡Qué tiempo más malo!» Después me habló de la gente a cuya casa íbamos. El padre había matado a un cazador furtivo hacía dos años, y desde entonces se mostraba taciturno, como obsesionado por un recuerdo. Sus dos hijos, casados, vivían con él.

Las tinieblas eran profundas. Yo no veía nada frente a mí, ni a mi alrededor, y todo el ramaje de los árboles al chocar entre sí llenaba la noche de un incensante rumor. Por fin divisé una luz, y pronto mi compañero topó con una puerta. Nos respondieron unos agudos gritos femeninos. Después, una voz de hombre, una voz estrangulada, preguntó: «¿Quién va?» Mi guía dijo su nombre. Entramos. Fue un cuadro inolvidable.

Un anciano de pelo blanco con ojos enloquecidos, un fusil cargado en la mano, nos esperaba de pie en el centro de la cocina, mientras dos altos mocetones, armados con hachas, guardaban la puerta. Distinguí en los rincones oscuros a dos mujeres de rodillas, con la cara pegada a la pared.

Nos explicamos. El viejo depositó su arma contra la pared y ordenó que preparasen mi cuarto; después, como las mujeres no se movían, me dijo bruscamente:

«Mire usted, caballero, he matado a un hombre, esta noche hace dos años. El año pasado, vino a buscarme. Y lo espero de nuevo hoy.»

Después agregó con un tono que me hizo sonreír:

«Por eso no estamos nada tranquilos.»

Lo calmé como pude, feliz de haber llegado justamente esa noche, y de asistir al espectáculo de aquel terror supersticioso. Conté algunas historias, y conseguí tranquilizar más o menos a todo el mundo.

Cerca del hogar, un viejo perro, casi ciego y bigotudo, uno de esos perros que se parecen a personas que conocemos, dormía con el morro entre las patas.

En el exterior, la tempestad desatada azotaba la casita, y por un estrecho cuadrado, una especie de mirilla colocada junto a la puerta, yo veía de pronto todo un revoltijo de árboles zarandeados por el viento a la luz de grandes relámpagos.

Pese a mis esfuerzos, notaba perfectamente que un profundo terror dominaba a aquella gente, y cada vez que yo dejaba de hablar, todas las orejas escuchaban a lo lejos. Harto de presenciar aquellos temores imbéciles, iba ya a proponer acostarme, cuando el viejo guarda dio de pronto un salto en su silla, cogió de nuevo su fusil, tartamudeando con voz extraviada: «¡Ahí está, ahí está! ¡Lo oigo!» Las dos mujeres volvieron a caer de rodillas en sus rincones tapándose la cara; y los hijos recogieron sus hachas. Me disponía a apaciguarlos de nuevo, cuando el perro dormido se despertó bruscamente y, alzando la cabeza, tensando el cuello, mirando al fuego con sus ojos casi apagados, lanzó uno de esos lúgubres aullidos que hacen estremecerse a los viajeros, por la noche, en el campo. Todos los ojos se clavaron en él; ahora permanecía inmóvil, erguido sobre las patas como acosado por una visión, y volvió a aullar hacia algo invisible, desconocido, espantoso sin duda, pues todo su pelaje se erizaba. El guarda, lívido, gritó: «¡Lo huele! ¡Estaba allí cuando lo maté!» Y las mujeres enloquecidas se pusieron, ambas, a aullar con el perro.

A mi pesar, un gran escalofrío me corrió por la espalda. La visión del animal en aquel lugar, a aquellas horas, entre aquella gente enloquecida, era terrible.

Entonces, durante una hora, el perro aulló sin moverse; aulló como en la angustia de un sueño; y el miedo, un espantoso miedo me penetraba. ¿Miedo a qué? ¿Acaso lo sé? Era el miedo, y eso es todo.

Permanecimos inmóviles, lívidos, a la espera de un acontecimiento horroroso, con los oídos aguzados, el corazón palpitante, trastornados por el menor ruido. Y el perro empezó a dar vueltas alrededor de la pieza, oliendo las paredes y sin dejar de gemir. ¡Aquel animal nos volvía locos! Entonces, el campesino que me había llevado, se lanzó sobre él, en una especie de paroxismo de furioso terror y, abriendo una puerta que daba a un pequeño patio, echó fuera al animal.

Este se calló de inmediato, y nos quedamos sumidos en un silencio aún más aterrador. Y de pronto, todos a un tiempo, tuvimos una especie de sobresalto: un ser se deslizaba pegado al muro de fuera hacia el bosque; después pasó junto a la puerta, que pareció tantear, con mano vacilante; luego no se oyó nada más durante dos minutos, que nos convirtieron en insensatos; después regresó, sin dejar de rozar el muro; y arañó ligeramente, como lo haría un niño con las uñas; después de repente apareció una cabeza pegada al vidrio de la mirilla, una cabeza blanca con ojos luminosos como los de las fieras. Y un sonido salió de su boca, un sonido indistinto, un murmullo quejumbroso.

Entonces resonó en la cocina un formidable estruendo. El viejo guarda había disparado. Y al punto los hijos se abalanzaron, taparon la mirilla levantando la gran mesa, que sujetaron en el aparador.

Y les juro que ante el ruido del disparo que no me esperaba, sentí tal angustia en el corazón, el alma y el cuerpo, que me sentí desfallecer, a punto de morir de miedo.

Nos quedamos allí hasta el alba, incapaces de movernos, de decir una palabra, crispados en un enloquecimiento indecible.

Sólo nos atrevimos a desatrancar la salida al vislumbrar, por la rendija de un sobradillo, una delgado rayo de luz.

Al pie del muro, pegado a la puerta, yacía el viejo perro, con el hocico destrozado por una bala.

Había salido del patio haciendo un agujero bajo una empalizada.

* * *

El hombre de la cara morena enmudeció, después añadió:

«Esa noche, sin embargo, no corrí el menor peligro; pero preferiría volver a empezar todas las horas en que he afrontado los más terribles riesgos, que el único minuto del disparo sobre la cabeza barbuda de la mirilla.»

La Peur, «Le Gaulois», 23 de octubre de 1882.

El Horla

Ocho de mayo.—¡Qué día tan espléndido! He pasado toda la mañana tumbado en la hierba, delante de mi casa, bajo el enorme plátano que la cubre, la abriga y la sombrea por entero. Me gusta esta región, y me gusta vivir en ella porque aquí tengo mis raíces, esas profundas y delicadas raíces que ligan a un hombre a la tierra donde sus abuelos han nacido y han muerto, que lo ligan a lo que allí se piensa y se come, lo mismo a las costumbres que a los alimentos, a las locuciones locales, las entonaciones de los campesinos, los olores del suelo, de los pueblos y del propio aire.

Me gusta la mansión donde he crecido. Desde mis ventanas, veo correr el Sena a lo largo de mi jardín, detrás de la carretera, casi dentro de casa, el grande y ancho Sena, que va de Ruán al Havre, cubierto de barcos que pasan.

A la izquierda, allá al fondo, Ruán, la dilatada ciudad de tejados azules, bajo una puntiaguda multitud de campanarios góticos. Son innumerables, frágiles o anchos, dominados por la aguja de hierro de la catedral, y llenos de campanas que tocan en el aire azul de las hermosas mañanas, lanzando hasta mí su dulce y remoto bordoneo de hierro, su canto de bronce que me llega, ora más fuerte ora más debilitado, según que la brisa despierte o se adormezca.

¡Qué buen tiempo hacía esta mañana!

Hacia las once, un largo convoy de navíos, arrastrados por un remolcador, del tamaño de una mosca, y que jadeaba de fatiga vomitando un humo espeso, desfiló ante mi verja.

Detrás de dos goletas inglesas, cuyo pabellón rojo ondeaba sobre el cielo, venía una soberbia corbeta brasileña, totalmente blanca, admirablemente limpia y reluciente. La saludé, no sé por qué, porque me agradó mucho verla.

12 de mayo.—Tengo algo de fiebre desde hace unos días; me siento indispuesto, o mejor dicho me siento triste.

¿De dónde vienen esas misteriosas influencias que mudan en desánimo nuestra felicidad y nuestra confianza en desamparo? Se diría que el aire, el aire invisible está lleno de incognoscibles Poderes, cuya misteriosa vecindad sufrimos. Me despierto pleno de gozo, con ganas de cantar en la garganta. —¿Por qué?—. Bajo hasta la orilla del río; y de pronto, tras un corto paseo, regreso desolado, como si alguna desgracia me esperase en casa. —¿Por qué?—. ¿Es un escalofrío que, rozándome la piel, ha roto mis nervios y ensombrecido mi alma? ¿Es la forma de las nubes, o el color del día, el color de las cosas, tan variable, que, al pasar por mis ojos, ha perturbado mis pensamientos? ¡Quién sabe! Todo lo que nos rodea, todo lo que vemos sin mirarlo, todo lo que rozamos sin conocerlo, todo lo que tocamos sin palparlo, todo lo que encontramos sin distinguirlo, ¿tendrá sobre nosotros, sobre nuestros órganos y, a través de ellos, sobre nuestras ideas, sobre nuestro propio corazón, efectos rápidos, sorprendentes e inexplicables?

¡Qué profundo es este misterio de lo Invisible! No lo podemos sondear con nuestros miserables sentidos, con nuestros ojos que no saben percibir ni lo demasiado pequeño ni lo demasiado grande, ni lo demasiado próximo ni lo demasiado remoto, ni los habitantes de una estrella ni los habitantes de una gota de agua... con nuestros oídos que nos engañan, pues nos transmiten las vibraciones del aire como notas sonoras. Son duendes que hacen el milagro de cambiar en ruido ese movimiento y que gracias a esa metamorfosis engendran la música, que convierte en cántico la muda agitación de la naturaleza... con nuestro olfato, más débil que el de un perro... ¡con nuestro gusto, que apenas puede discernir la edad de un vino!

¡Ah! Si tuviéramos otros órganos que realizaran en nuestro provecho otros milagros, ¡cuántas cosas podríamos descubrir a nuestro alrededor!

16 de mayo.—Estoy enfermo, ¡no cabe duda! ¡Me encontraba tan bien el mes pasado! Tengo fiebre, una fiebre atroz, o mejor dicho un enervamiento febril que me atormenta el alma tanto como el cuerpo. Tengo sin cesar la espantosa sensación de un peligro inminente, la aprensión de una desgracia que se acerca o de la muerte que se avecina, un presentimiento que es sin duda efecto de un mal todavía ignorado, que germina en la sangre y en la carne.

18 de mayo.—Vengo de la consulta de mi médico, pues ya no podía dormir. Me encontró el pulso alterado, ojos dilatados, nervios vibrantes, pero sin ningún síntoma alarmante. Tengo que darme duchas y tomar bromuro de potasio.

25 de mayo.—¡Ningún cambio! Mi estado es verdaderamente raro. A medida que se acerca la noche, me invade una inquietud incomprensible, como si la oscuridad escondiese una terrible amenaza. Ceno pronto, después intento leer; pero no entiendo las palabras; apenas distingo las letras. Camino entonces arriba y abajo por mi salón, oprimido por un temor confuso e irresistible, temor al sueño y temor a la cama.

Hacia las diez, subo a mi habitación. En cuanto entro, cierro con dos vueltas de llave y corro los cerrojos; tengo miedo... ¿de qué?... Hasta ahora no temía nada... abro los armarios, miro debajo de la cama; escucho... escucho... ¿qué?... ¿No es extraño que un simple malestar, un trastorno circulatorio acaso, la irritación de un nervio, un poco de congestión, una mínima perturbación del funcionamiento tan imperfecto y delicado de nuestra máquina viviente, pueda convertir en melancólico al más alegre de los hombres, y en cobarde al más valiente? Después me acuesto, y espero al sueño como quien espera al verdugo. Lo espero con el espanto de que llegue, mi corazón late, y mis piernas tiemblan; y todo mi cuerpo se estremece entre el calor de las sábanas, hasta el momento en que me hundo de repente en el descanso, como quien se hundiera, para ahogarse, en una sima de agua estancada. No lo siento venir, como antes, a ese sueño pérfido, oculto cerca de mí, que me acecha, que va a atraparme por la cabeza, a cerrarme los ojos, a aniquilarme.

Duermo —mucho tiempo— dos o tres horas, y después un sueño —no— una pesadilla me abruma. Noto perfectamente que estoy acostado y que duermo... lo noto y lo sé... y noto también que alguien se acerca a mí, me mira, me palpa, se sube a mi cama, se arrodilla sobre mi pecho, coge mi cuello entre sus manos y aprieta... aprieta... con todas sus fuerzas, para estrangularme.

Yo me debato, encadenado por esa impotencia atroz que nos paraliza en los sueños; quiero gritar —no puedo; quiero moverme —no puedo; —invento, con horrorosos esfuerzos, jadeante, darme la vuelta, rechazar ese ser que me aplasta y me ahoga —¡no puedo!

Y de pronto, me despierto, enloquecido, bañado en sudor. Enciendo una vela. Estoy solo.

Después de esta crisis, que se renueva todas las noches, duermo por fin, en calma, hasta la aurora.

2 de junio.—Mi estado se ha agravado aún más. ¿Qué es lo que tengo? El bromuro no sirve de nada; las duchas no sirven de nada. Hace un rato, para fatigar mi cuerpo, tan abatido ya, fui a dar una vuelta por el bosque de Roumare. Al principio creí que el aire fresco, ligero y suave, lleno de olor a hierbas y a hojas, llenaría mis venas de una sangre nueva, mi corazón de una nueva energía. Seguí un ancho camino de cazadores, después tomé hacia La Bouille, por una estrecha avenida, entre dos ejércitos de árboles desmesuradamente altos que ponían un techo verde, espeso, casi negro, entre el cielo y yo.

Un estremecimiento me asaltó de pronto, no un escalofrío, sino un extraño temblor de angustia.

Apresuré el paso, inquieto de hallarme sólo en aquel bosque, atemorizado sin razón, estúpidamente, por la profunda soledad. De repente, me pareció que me seguían, que me pisaban los talones, muy cerca, hasta tocarme.

Me volví bruscamente. Estaba solo. No vi a mis espaldas sino la recta y ancha avenida, vacía, alta, temiblemente vacía; y por el otro lado también se extendía hasta perderse de vista, toda igual, pavorosa.

Cerré los ojos. ¿Por qué? Y empecé a girar sobre un talón, muy de prisa, como un trompo. Estuve a punto de caer; volví a abrir los ojos; los árboles bailaban, la tierra flotaba; tuve que sentarme. Y después, ¡ay!, ya no sabía por dónde había venido. ¡Extraña idea! ¡Extraña! ¡Extraña idea! No lo sabía en absoluto. Eché a andar hacia el lado que se encontraba a mi derecha, y regresé al camino que me había llevado al centro del bosque.

3 de junio.—La noche ha sido horrible. Voy a ausentarme durante unas semanas. Un viajecito, sin duda, me repondrá.

2 de julio.—Regreso. Estoy curado. Y además he hecho una excursión encantandora. Visité el Mont Saint-Michel, que no conocía.

¡Qué visión cuando uno llega, como yo, a Avranches, al caer el día! La ciudad está sobre una colina; y me llevaron a los jardines públicos, en un extremo de la población. Lancé un grito de asombro. Ante mí se extendía una bahía desmesurada, hasta muy lejos, entre dos costas alejadas que se perdían de vista entre brumas; y en el centro de esa inmensa bahía amarilla, bajo un cielo de oro y de claridad, se alzaba oscuro y picudo un extraño monte, en medio de las arenas. El sol acababa de desaparecer, y sobre el horizonte aún llameante se dibujaba el perfil de esa fantástica roca que lleva en su cima un fantástico monumento.

En cuanto amaneció, marché hacia allá. La marea estaba baja, como la víspera, y yo miraba alzarse ante mí, a medida que me acercaba a ella, la sorprendente abadía. Tras varias horas de marcha llegué al enorme bloque de piedras donde se halla el pueblecito dominado por la gran iglesia. Tras subir por la calle estrecha y empinada, entré en la más admirable morada gótica construida para Dios sobre la tierra, vasta como una ciudad, llena de salas bajas aplastadas bajo bóvedas y altas galerías que sostienen frágiles columnas. Entré en esa gigantesca joya de granito, tan leve como un encaje, cubierta de torres, de esbeltos pináculos, hacia donde ascienden retorcidas escaleras, y que lanzan al cielo azul de los días, al cielo negro de las noches, sus extravagantes cabezas erizadas de quimeras, de diablos, de animales fantásticos, de monstruosas flores, enlazados entre sí por finos arcos labrados.

Cuando estuve en la cima, le dije al fraile que me acompañaba: «Padre, ¡qué a gusto estarán ustedes aquí!»

Respondió: «Hace mucho viento, caballero»; y nos pusimos a charlar mientras mirábamos cómo subía la marea, que corría por la arena y la cubría con una coraza de acero.

Y el fraile me contó historias, todas las viejas historias del lugar, leyendas, siempre leyendas.

Una de ellas me impresionó. La gente del pueblo, la del Monte, pretende que por la noche se oye hablar en las arenas, y también que se oyen balar dos cabras, una con voz fuerte, otra con voz débil. Los incrédulos afirman que son los gritos de las aves marinas, que unas veces parecen balidos, otras quejas humanas; pero los pescadores rezagados juran haber encontrado, merodeando por las dunas, entre dos mareas, en torno al pueblecito tan apartado del mundo, a un viejo pastor, cuya cabeza tapada por la capa nunca se ve, y que conduce, marchando ante ellos, un macho cabrío con rostro de hombre y una cabra con rostro de mujer, ambos con largos cabellos blancos y que hablan sin cesar, peleándose en una lengua desconocida, y después dejando de pronto de chillar para balar con todas sus fuerzas.

Le dije al fraile: «¿Y usted lo cree?»

Murmuró: «No sé.»

Proseguí: «Si existieran en la tierra seres distintos de nosotros, ¿cómo no íbamos a conocerlos desde hace mucho tiempo? ¿Cómo no iba a haberlos visto usted? ¿Cómo no iba a haberlos visto yo?

Respondió: «¿Acaso vemos la cienmilésima parte de lo que existe? Mire, ahí tiene el viento, que es la mayor fuerza de la naturaleza, que tira al suelo al hombre, que derriba edificios, desarraiga árboles, levanta en la mar montañas de agua, destruye los acantilados, y arroja contra las rompientes a los grandes navíos, el viento que mata, que silba, que gime, que brama, ¿lo ha visto usted, y puede usted verlo? Y sin embargo, existe.»

Me callé ante tan sencillo razonamiento. Aquel hombre era un sabio o quizás un tonto. No habría podido asegurarlo con exactitud; pero me callé. Lo que estaba diciendo, yo lo había pensado a menudo.

3 de julio.—He dormido mal; no cabe duda; aquí hay una influencia febril, pues mi cochero sufre del mismo mal que yo. Al regresar ayer, me fijé en su singular palidez. Le pregunté:

«¿Qué le pasa, Jean?

—Me pasa que no puedo descansar, señor, las noches se me comen los días. Desde que se marchó el señor, tengo como un mal de ojo.»

Los otros criados están bien, sin embargo, pero tengo mucho miedo de que me vuelva a dar a mí.

4 de julio.—No cabe duda, me ha vuelto a dar. Retornan las antiguas pesadillas. Esta noche, he notado a alguien agazapado sobre mí y que, con la boca pegada a la mía, se me bebía la vida con sus labios. Sí, la sorbía de mi garganta, como hubiera hecho una sanguijuela. Después se levantó, ahíto, y yo me desperté, tan magullado, roto, aniquilado, que no podía moverme. Si esto continúa unos días más, seguramente volveré a marcharme.

5 de julio.—¿Habré perdido la razón? ¡Lo que ha ocurrido, lo que he visto la noche pasada es tan extraño que mi cabeza se extravía cuando pienso en ello!

Al igual que hago ahora cada noche, había cerrado la puerta con llave; después, como tenía sed, bebí medio vaso de agua, y por casualidad me fijé en que la botella estaba llena hasta el tapón de cristal.

Me acosté en seguida y me sumí en uno de mis sueños espantosos, del que me sacó al cabo de unas dos horas una sacudida más horrorosa aún.

Imagínense ustedes un hombre dormido, a quien asesinan, y que se despierta con un cuchillo en los pulmones, y que jadea cubierto de sangre, y que ya no puede respirar, y que va morir, y que no entiende nada, eso es.

Habiendo recobrado por fin el juicio, tuve sed de nuevo; encendí una vela y fui hacia la mesa donde estaba la botella. La levanté inclinándola sobre el vaso; no cayó nada. ¡Estaba vacía! ¡Totalmente vacía! Al principio, no entendía nada; después, de repente, sentí una emoción tan terrible que tuve que sentarme, o mejor dicho, ¡caí sobre una silla! Después, ¡me levanté de un salto para mirar a mi alrededor! Después volví a sentarme, enloquecido de asombro y de miedo, ante el cristal transparente. Lo contemplaba clavando en él los ojos, tratando de adivinar. ¡Mis manos temblaban! Conque ¿habían bebido el agua? ¿Quién? ¿Yo? ¡Yo, sin duda! ¡Sólo podía ser yo! Entonces, yo era sonámbulo, vivía, sin saberlo, esa doble vida misteriosa que hace dudar si hay dos seres en nosotros, o si un ser extraño, incognoscible e invisible, anima, a veces, cuando nuestra alma está embotada, nuestro cuerpo cautivo que obedece a ese otro, como a nosotros mismos, más que a nosotros mismos.

¡Ah! ¿Quién comprenderá mi abominable angustia? ¿Quién comprenderá la emoción de un hombre, sano de mente, perfectamente despierto, lleno de juicio y que mira espantado, a través del vidrio de una botella, un poco de agua desaparecida mientras él duerme? Me quedé allí hasta el amanecer, sin atreverme a volver a la cama.

6 de julio.—Me vuelvo loco. Alguien ha bebido de nuevo toda mi botella esta noche; —o, mejor dicho, ¡me la he bebido yo!

Pero, ¿soy yo? ¿Soy yo? ¿Quién iba a ser? ¿Quién? ¡Oh! ¡Dios mío! ¿Me estoy volviendo loco? ¿Quién podrá salvarme?

10 de julio.—Acabo de hacer unas sorprendentes pruebas.

No cabe duda, ¡estoy loco! Aunque...

El 6 de julio, antes de acostarme, dejé sobre la mesa vino, leche, agua, pan y fresas.

Se bebieron —me bebí— toda el agua, y un poco de leche. No tocaron el vino, ni las fresas.

El 7 de julio, repetí la misma prueba, que dio el mismo resultado.

El 8 de julio, suprimí el agua y la leche. No tocaron nada.

El 9 de julio, por último, volvía a dejar sobre la mesa el agua y la leche solamente, teniendo buen cuidado de envolver las botellas en muselina blanca y de atar los tapones con un bramante. Después me froté los labios, la barba y las manos con grafito, y me acosté.

Un sueño invencible me asaltó, seguido pronto por el atroz despertar. No me había movido; las propias sábanas no tenían manchas. Me lancé hacia la mesa. La muselina que cubría las botellas seguía inmaculada. Desaté los cordones, palpitante de temor. ¡Se habían bebido toda el agua! ¡Se habían bebido toda la leche! ¡Ay, Dios mío!...

Me marcho ahora mismo a París.

12 de julio.—París. ¡Conque había perdido la cabeza los días pasados! Debí ser juguete de mi imaginación debilitada, a menos que sea realmente sonámbulo, o que haya sufrido una de esas influencias, comprobadas aunque inexplicables hasta ahora, que se denominan sugestiones. En cualquier caso, mi extravío rayaba en la demencia, y veinticuatro horas de París han bastado para dejarme como nuevo.

Ayer, después de unas compras y visitas, que han hecho pasar por mi alma un aire nuevo y vivificante, rematé la noche en el Teatro Francés. Representaban una pieza de Alejandro Dumas hijo; y ese ingenio alerta y poderoso terminó de curarme. No cabe duda, la soledad es peligrosa para una inteligencia que trabaja. Necesitamos a nuestro alrededor hombres que piensen y que hablen. Cuando estamos solos mucho tiempo poblamos de fantasmas el vacío.

Regresé al hotel muy contento, por los bulevares. Al codearme con la muchedumbre, pensaba, no sin ironía, en mis terrores, en mis suposiciones de la semana pasada, pues he creído, sí, he creído que un ser invisible habitaba bajo mi techo. ¡Qué débil es nuestra cabeza, y cómo se espanta, y se extravía en seguida, en cuanto una menudencia incomprensible nos impresiona!

En lugar de llegar a esta sencilla conclusión: «No lo entiendo porque la causa se me escapa», nos imaginamos al punto espantosos misterios y poderes sobrenaturales.

14 de julio.—Fiesta de la República. He paseado por las calles. Los petardos y las banderas me divertían como a un niño. Y sin embargo es muy idiota estar contento, en fecha fija, por decreto del gobierno. El pueblo es un rebaño imbécil, unas veces estúpidamente paciente y otras ferozmente rebelde. Le dicen: «Diviértete.» Y se divierte. Le dicen: «Vete a luchar contra el vecino.» Y va a luchar. Le dicen: «Vota por el Emperador.» Y vota por el Emperador. Y luego le dicen: «Vota por la República.» Y vota por la República.

Los que lo dirigen son igual de tontos; pero en vez de obedecer a unos hombres, obedecen a unos principios, los cuales no pueden ser sino necios, estériles y falsos, por el mero hecho de ser principios, es decir ideas tenidas por ciertas e inmutables, en este mundo donde nadie está seguro de nada, puesto que la luz es una ilusión, puesto que el ruido es una ilusión.

16 de julio.—Ayer he visto cosas que me han perturbado mucho.

Cenaba en casa de mi prima, la señora Sablé, cuyo marido manda el 76° de cazadores en Limoges. Me encontré allí con dos señoras jóvenes, una de ellas casada con un médico, el doctor Parent, que se ocupa mucho de enfermedades nerviosas y de las manifestaciones extraordinarias que producen en estos momentos las experiencias sobre el hipnotismo y la sugestión.

El nos habló un buen rato de los prodigiosos resultados obtenidos por los sabios ingleses y por los médicos de la escuela de Nancy.

Los hechos que expuso me parecieron tan extravagantes, que me declaré totalmente incrédulo.

«Estamos, afirmaba él, a punto de descubrir uno de los más importantes secretos de la naturaleza, quiero decir uno de sus más importantes secretos en este mundo; porque tiene con seguridad otros igualmente importantes, allá lejos, en las estrellas. Desde que el hombre piensa, desde que sabe expresar de palabra y por escrito su pensamiento, se ha sentido rozado por un misterio impenetrable para sus sentidos groseros e imperfectos, y ha tratado de suplir, con el esfuerzo de su inteligencia, la impotencia de sus órganos. Cuando esa inteligencia seguía aún en estado rudimentario, esta obsesión de los fenómenos invisibles adoptó formas trivialmente espantosas. De ahí nacieron las creencias populares en lo sobrenatural, las leyendas sobre espíritus vagabundos, sobre hadas, gnomos, aparecidos, e incluso diría yo que la leyenda de Dios, pues nuestras concepciones del obrero-creador, vengan de la religión que vengan, son de las invenciones más mediocres, más estúpidas, más inaceptables salidas del cerebro acobardado de las criaturas. Nada más cierto que esta frase de Voltaire: «Dios ha hecho el hombre a su imagen, pero el hombre se lo ha devuelto con creces.»

«Pero, desde hace algo más de un siglo, parece presentirse alguna cosa nueva. Mesmer y algunos otros nos han abierto un camino inesperado, y verdaderamente hemos llegado, sobre todo desde hace cuatro o cinco años, a resultados sorprendentes.»

Mi prima, muy incrédula también, sonreía. El doctor Parent le dijo: «¿Quiere usted que intente dormirla, señora?

—Sí, no tengo inconveniente.»

Se sentó en un sillón y él empezó a mirarla fijamente, fascinándola. Yo me sentí de pronto un poco turbado, el corazón palpitante, la garganta seca. Veía cargarse los ojos de la señora Sablé, crisparse su boca, jadear su pecho.

Al cabo de diez minutos, dormía.

«Póngase detrás de ella», dijo el médico.

Y me senté detrás de ella. El le colocó entre las manos una tarjeta de visita diciéndole: «Esto es un espejo; ¿qué ve usted en él?»

Ella respondió:

«Veo a mi primo.

—¿Qué hace?

—Se retuerce el bigote.

—¿Y ahora?

—Saca del bolsillo una fotografía.

—¿De quién es esa fotografía?

—Suya.»

¡Era cierto! Y la fotografía me la acababan de entregar, esa misma tarde, en el hotel.

«¿Cómo está en ese retrato?

—De pie, con el sombrero en la mano.»

Conque ella veía en la tarjeta, en aquel cartón blanco, como hubiera visto en un espejo.

Las señoras, espantadas, decían: «¡Basta! ¡Basta! ¡Basta!»

Pero el doctor ordenó: «Mañana se levantará usted a las ocho; después irá al hotel a ver a su primo, y le suplicará que le preste cinco mil francos que su marido le pide y que le reclamará en su próximo viaje.»

Después la despertó.

Al regresar al hotel, pensaba en aquella curiosa sesión y me asaltaron las dudas, no sobre la absoluta, la indudable buena fe de mi prima, a quien conocía como a una hermana, desde la infancia, sino sobre una posible superchería del doctor. ¿No disimularía en su mano un espejo que mostraba a la joven dormida, al mismo tiempo que su tarjeta de visita? Los prestidigitadores profesionales hacen cosas igualmente singulares.

Regresé, pues, y me acosté.

Ahora bien, esta mañana, hacia las ocho y media, me despertó mi ayuda de cámara, que me dijo: «Está aquí la señora Sablé, que quiere hablar con el señor en seguida.»

Me vestí a toda prisa y la recibí.

Se sentó, muy turbada, con los ojos bajos y, sin alzar su velo, me dijo:

«Querido primo, tengo que pedirle un gran favor.

—¿Cuál, prima?

—Me molesta mucho decírselo, aunque es preciso. Necesito, necesito indispensablemente, cinco mil francos.

—¿Cómo? ¿Usted?

—Sí, yo, o mejor dicho mi marido, que me ha encargado que los consiga.»

Me quedé tan estupefacto, que balbucía mis respuestas. Me preguntaba si realmente no se habría burlado de mí con el doctor Parent, si no se trataría de una simple farsa preparada de antemano y muy bien representada.

Pero, al mirarla con atención, todas mis dudas se disiparon. Temblaba de angustia, pues aquel paso le resultaba muy doloroso, y comprendí que los sollozos se agolpaban en su garganta.

Sabía que era muy rica y proseguí:

«Pero, ¿cómo? ¿Su marido no dispone de cinco mil francos? ¡Vamos, reflexione! ¿Está usted segura de que le ha encargado que me los pida?»

Vaciló unos segundos, como haciendo un gran esfuerzo para buscar en su memoria, después respondió:

«Sí..., sí..., estoy segura.

—¿Le ha escrito?»

Ella vacilaba aún, reflexionando. Adiviné el trabajo torturador de su mente. No sabía. Sabía sólo que tenía que pedirme prestados cinco mil francos para su marido. Conque se atrevió a mentir.

«Sí, me ha escrito.

—¿Cuando? Usted no me dijo nada, ayer.

—¿Puede enseñármela?

—No... no... no... hablaba de cosas íntimas... demasiado personales... y la he... la he quemado.

—Entonces, es que su marido contrae deudas.»

Ella vaciló de nuevo, y después murmuró:

«No lo sé.»

Declaré bruscamente:

«Es que no puedo disponer de cinco mil francos en este momento, mi querida prima.»

Lanzó una especie de grito de dolor.

«¡Oh! ¡Oh! Por favor, por favor, búsquelos...»

Se exaltaba, ¡juntaba las manos como si estuviera suplicando! Yo oía cómo su voz cambiaba de tono; lloraba y tartamudeaba, acosada, dominada por la orden irresistible que había recibido.

«¡Oh! ¡Oh! Por favor... si supiera usted cuánto sufro... los necesito hoy.»

Me apiadé de ella.

«Los tendrá en seguida, se lo juro.»

Exclamó:

«¡Oh! ¡Gracias! ¡Qué bueno es usted!»

Proseguí: «¿Recuerda lo que ocurrió ayer en su casa?

—Sí.

—¿Recuerda que el doctor Parent la durmió?

—Sí.

—Pues bien, le ordenó que viniera hoy por la mañana a pedirme cinco mil francos, y usted obedece en este momento a esa sugestión.»

Reflexionó unos segundos y respondió:

«Pues es mi marido quien me los pide.»

Durante una hora, intenté convencerla, pero no pude lograrlo.

Cuando se marchó, corrí a casa del doctor. Iba a salir; y me escuchó sonriendo. Después dijo:

«Y ahora, ¿cree usted?

—Sí, no tengo otro remedio.

—Vamos a ver a su parienta.»

Ella dormitaba ya en una tumbona, abrumada de cansancio. El médico le tomó el pulso, la miró algún tiempo, con una mano levantada hacia sus ojos que ella cerró poco a poco bajo la fuerza insostenible de aquel poder magnético.

Cuando estuvo dormida:

«Su marido ya no necesita cinco mil francos. Conque usted olvidará que le ha rogado a su primo que se los preste y, si él le habla de eso, no entenderá nada.»

Después la despertó. Yo saqué del bolsillo una cartera:

«Aquí tiene, mi querida prima, lo que me pidió esta mañana.»

Se quedó tan sorprendida que no me atreví a insistir. Sin embargo traté de reanimar su memoria, pero ella lo negó con fuerza, creyó que me burlaba de ella, y al final, a punto estuvo de enfadarse.

....

¡Eso es todo! Acabo de regresar; y no he podido almorzar, tanto me ha trastornado esta experiencia.

19 de julio.—Muchas personas a quienes he contado esta aventura se han burlado de mí. Ya no sé qué pensar. El sabio dice: ¿Puede ser?

21 de julio.—He ido a cenar a Bougival, y luego pasé la noche en el baile de los remeros. Decididamente, todo depende de los lugares y de los ambientes. Creer en lo sobrenatural en la isla de la Grenouillère, sería el colmo de la locura... pero ¿y en la cima del Mont Saint-Michel?... ¿y en la India? Sufrimos pasmosamente la influencia de cuanto nos rodea. Regresaré a mi casa la semana próxima.

30 de julio.—He vuelto ayer a mi casa. Todo va bien.

2 de agosto.—Nada nuevo; hace un tiempo soberbio. Me paso los días viendo correr el Sena.

4 de agosto.—Peleas entre mis criados. Pretenden que alguien rompe los vasos, por la noche, en los armarios. El ayuda de cámara acusa a la cocinera, la cual acusa a la doncella, que acusa a los otros dos. ¿Quién es el culpable? ¡Vaya usted a saber!

6 de agosto.—Esta vez, no estoy loco. He visto... he visto... ¡he visto!... No puedo dudarlo... ¡he visto!... Estoy aún helado hasta las uñas... tengo aún miedo hasta la médula... ¡he visto!...

Me paseaba a las dos, a pleno sol, por la rosaleda... por el sendero de las rosas de otoño que empiezan a florecer.

Cuando me detenía a contemplar un *Géant des Batailles* que tenía tres flores magníficas, vi, vi con toda claridad, muy cerca de mí, doblarse el tallo de una de esas rosas, como si una mano invisible lo hubiera retorcido, y después romperse, ¡como si la mano lo hubiera cogido! Después la flor se elevó, siguiendo la curva que habría descrito un brazo llevándola hacia una boca, y quedó suspendida en el aire transparente, sola, inmóvil, tremenda mancha roja a tres pasos de mis ojos.

Enloquecido, ¡me arrojé sobre ella para cogerla! No encontré nada; había desaparecido. Entonces me acometió una furiosa cólera contra mí mismo; pues a un hombre razonable y serio no le son lícitas tales alucinaciones.

Pero ¿era una alucinación? Me di la vuelta para buscar el tallo, y lo encontré inmediatamente en el arbusto, recién cortado, entre las otras dos rosas que seguían en la rama.

Entonces volví a casa con el alma trastornada; pero estoy seguro, ahora, tan seguro como de la alternancia de los días y las noches, de que existe junto a mí un ser invisible, que se alimenta de leche y de agua, que puede tocar las cosas, cogerlas y cambiarlas de sitio, dotado por consiguiente de una naturaleza material, aunque imperceptible para nuestros sentidos, y que habita, como yo, bajo mi techo...

7 de agosto.—He dormido tranquilo. Se ha bebido el agua de la botella, pero no ha turbado mi sueño.

Me pregunto si estaré loco. Al pasearme, hace un rato, a pleno sol, a la orilla del río, me han entrado dudas sobre mi razón, y no dudas vagas como las que tenía hasta ahora, sino dudas concretas, absolutas. He visto locos; he conocido algunos que seguían siendo inteligentes, lúcidos, hasta clarividentes sobre todas las cosas de la vida, salvo sobre un punto. Hablaban de todo con claridad, con agilidad, con hondura, y de pronto su pensamiento, al tocar el escollo de su locura, se fragmentaba en pedazos, se diseminaba y se hundía en ese océano horrible y furioso, lleno de olas saltarinas, de nieblas, de borrascas, que se denomina «demencia».

Con certeza me creería loco, totalmente loco, si no fuera consciente, si no conociera perfectamente mi estado, si no lo sondeara y analizara con completa lucidez. No sería pues, en suma, sino un alucinado razonante. Un trastorno ignorado se habría producido en mi cerebro, uno de esos trastornos que los fisiólogos intentan observar y precisar hoy en día; y ese trastorno habría producido en mi espíritu, en el orden y la lógica de mis ideas, una profunda grieta. Fenómenos similares ocurren en el sueño que nos pasea a través de las más inverosímiles fantasmagorías, sin que nos sorprendamos, porque el aparato comprobador, porque el sentido del control está dormido; mientras que la facultad imaginativa vela y trabaja. ¿No podría ocurrir que una de las imperceptibles piezas del teclado cerebral se encuentre paralizada en mí? Hay hombres que, a consecuencia de un accidente, pierden la memoria de los nombres propios o de los verbos o de las cifras, o solamente de las fechas. Las localizaciones de todas las parcelas del pensamiento están comprobadas hoy. Ahora bien, no hay nada extraño en que mi facultad de dominar la irrealidad de ciertas alucinaciones se encuentre embotada en este momento.

Pensaba en todo eso siguiendo la orilla del agua. El sol cubría de claridad el río, convertía la tierra en una delicia, llenaba mi mirada de amor a la vida, a las golondrinas, cuya agilidad es un gozo para mis ojos, a las hierbas de la ribera, cuyo temblor es una felicidad para mis oídos.

Poco a poco, empero, me invadía un inexplicable malestar. Una fuerza, me parecía, una fuerza oculta me embotaba, me detenía, me impedía seguir adelante, me llamaba hacia atrás. Experimenté esa dolorosa necesidad de volver a casa que os oprime cuando habéis dejado en ello un enfermo amado, y os asalta el presentimiento de una agravación de su mal.

Así pues, regresé a mi pesar, seguro de que iba a encontrar, en casa, una mala noticia, una carta o un telegrama. No había nada; y me quedé más sorprendido e inquieto que si hubiera tenido de nuevo una visión fantástica.

8 de agosto.—Ayer pasé una noche terrible. Ya no se manifiesta, pero lo siento en mi lado, espiándome, mirándome, penetrando en mi interior, dominándome y más temible, al ocultarse así, que si señalase con fenómenos sobrenaturales su presencia invisible y constante.

He dormido, no obstante.

9 de agosto.—Nada, pero tengo miedo.

10 de agosto.—Nada; ¿qué ocurrirá mañana?

11 de agosto.—Nada de nada; no puedo quedarme en mi casa con este temor y esta idea metidos en el alma; voy a marcharme.

12 de agosto, a las 10 de la noche.—Durante todo el día he querido irme; no he podido. Quise realizar ese acto de libertad tan fácil, tan sencillo —salir— subir al coche para dirigirme a Ruán —no he podido—. ¿Por qué?

13 de agosto.—Cuando se padecen ciertas enfermedades, todos los resortes del ser físico parecen rotos, todas las energías aniquiladas, y todos los músculos flojos, los huesos se vuelven blandos como la carne y la carne líquida como el agua. Experimento esto en mi ser moral de una forma extraña y desoladora. Ya no tengo la menor fuerza, el menor valor, el menor dominio de mí, ni siquiera la menor capacidad de poner en marcha mi voluntad. Ya no puedo querer; alguien quiere por mí; y yo obedezco.

14 de agosto.—¡Estoy perdido! ¡Alguien posee mi alma y la gobierna! Alguien ordena todos mis actos, todos mis movimientos, todos mis pensamientos. Ya no soy nada en mí, nada sino un espectador esclavo y aterrado de todas las cosas que realizo. Deseo salir. No puedo. El no quiere; y me quedo, enloquecido, trémulo, en el sillón al que me tiene clavado. Deseo simplemente levantarme, alzarme, con el fin de creerme dueño de mí. ¡No puedo! Estoy remachado a mi asiento; y mi asiento se adhiere al suelo, de tal suerte que ninguna fuerza podría alzarnos.

Después, de repente, es preciso, es preciso que vaya al fondo del jardín a coger fresas y comerlas. Y voy. Cojo fresas y las como. ¡Oh! ¡Dios mío! ¡Dios mío! ¡Dios mío! ¿Hay un Dios? Si lo hay, ¡libradme, salvadme! ¡Socorredme! ¡Perdón! ¡Piedad! ¡Merced! ¡Salvadme! ¡Oh! ¡Qué sufrimiento, qué tortura, qué horror!

15 de agosto.—Sí, así estaba poseída y dominada mi pobre prima, cuando acudió a pedirme cinco mil francos. Experimentaba una voluntad extraña que había entrado en ella, como otra alma, como otra alma parásita y dominadora. ¿Es qué va a acabarse el mundo?

Pero el que me gobierna, ese ser invisible, ¿quién es? ¿Ese incognoscible, ese merodeador de una raza sobrenatural?

¡Los Invisibles existen, pues! Entonces, ¿cómo es que desde el origen del mundo no se han manifestado aún de forma concreta como lo hacen ahora para mí? Nunca he leído nada parecido a lo que ha pasado en mi casa. ¡Oh! Si pudiera dejarla, si pudiera irme, huir y no regresar. Estaría salvado, pero no puedo.

16 de agosto.—He podido escaparme hoy durante dos horas, como un prisionero que encuentra abierta, por azar, la puerta de su calabozo. He sentido que era libre de repente y que él estaba lejos. Ordené que engancharan al momento y me dirigí a

Ruán. ¡Oh! Qué alegría poder decirle a un hombre que obedece: «¡Vamos a Ruán!»

Mandé parar ante la biblioteca y rogué que me prestaran el gran tratado del doctor Hermann Herestauss sobre los habitantes ignorados del mundo antiguo y moderno.

Después, cuando subí de nuevo a la berlina, quise decir: «¡A la estación!» y grité —no dije, grité— con una voz tan alta que los transeúntes se volvieron: «¡A casa!», y me desplomé, enloquecido de angustia, sobre los cojines del carruaje. Él me había recobrado y poseído.

17 de agosto.—¡Ah! ¡Qué noche! ¡Qué noche! Y sin embargo me parece que debería alegrarme. Hasta la una de la madrugada, ¡he leído! Hermann Herestauss, doctor en filosofía y teogonía, ha escrito la historia y las manifestaciones de todos los seres invisibles que merodean en torno al hombre o que éste ha soñado. Describe sus orígenes, su ámbito, su poder. Pero ninguno de ellos se parece al que me acosa. Se diría que el hombre, desde que piensa, ha presentido y temido un ser nuevo, más fuerte que él, su sucesor en este mundo, y que, al sentirlo cercano y no poder prever la naturaleza de este dueño, ha creado, en su terror, todo un pueblo fantástico de seres ocultos, fantasmas vagos nacidos del miedo.

Así, pues, habiendo leído hasta la una de la madrugada, fui a sentarme después ante mi ventana abierta para refrescar mi frente y mi pensamiento con el viento tranquilo de la oscuridad.

¡Qué buen tiempo, qué tibieza! ¡Cuánto me habría gustado esa noche antaño!

No había luna. Las estrellas titilaban estremecidas en el fondo del cielo negro. ¿Quién habita en esos mundos? ¿Qué formas, qué seres vivos, qué animales, qué plantas hay allá lejos? Los seres pensantes de esos universos remotos, ¿saben más que nosotros? ¿Pueden más que nosotros? ¿Qué ven que nosotros no conozcamos? Uno de ellos, un día u otro, ¿no aparecerá en nuestra tierra para conquistarla, atravesando el espacio, como los normandos atravesaban antes la mar para someter a pueblos más débiles?

¡Somos tan achacosos, tan inermes, tan ignorantes, tan pequeños, nosotros, en este grano de lodo que gira diluido en una gota de agua!

Me adormecí soñando esto ante el viento fresco de la noche.

Ahora bien, habiendo dormido unos cuarenta minutos, abrí los ojos sin hacer un movimiento, despertado por no sé qué emoción confusa y rara. No vi nada al principio, y después, de repente, me pareció que una página del libro que había quedado abierto sobre mi mesa acababa de pasarse sola. Ningún soplo de aire había entrado por la ventana. Me sorprendió y esperé. Al cabo de unos cuarenta minutos, vi, vi, sí, vi con mis propios ojos como otra página se alzaba y caía sobre la anterior, como si un dedo la hubiera hojeado. Mi sillón estaba vacío, parecía vacío; pero comprendí que él estaba allí, sentado en mi sitio, y que leía. Con un brinco furioso, con un brinco de animal sublevado, que va a destripar a su domador, crucé mi habitación para atraparlo, para sujetarlo, ¡para matarlo!... Pero el asiento, antes de que llegase a él, cayó como si alguien huyera delante de mí... la mesa osciló, la lámpara se volcó y se apagó, y la ventana se cerró como si un malhechor sorprendido se hubiera lanzado a la noche, agarrando con ambas manos las hojas.

Así, pues, había escapado; había tenido miedo, miedo de mí, ¡él!

Entonces... entonces... mañana... o después... o un día cualquiera, podría tenerlo bajo mis puños, ¡y aplastarlo contra el suelo! ¿Acaso los perros, algunas veces, no muerden y estrangulan a sus amos?

18 de agosto.—He meditado todo el día. ¡Oh! Sí, voy a obedecerle, a seguir sus impulsos, a cumplir todas sus voluntades, a mostrarme humilde, sumiso, cobarde. El es el más fuerte. Pero llegará una hora...

19 de agosto.—Sé... sé... ¡lo sé todo! Acabo de leer esto en la *Revista del Mundo Científico:* «Una noticia bastante curiosa nos llega de Río de Janeiro. Una locura, una epidemia de locura, comparable con las demencias contagiosas que afectaron a los pueblos de Europa en la Edad Media, hace estragos en estos momentos en la provincia de Sao Paulo. Los habitantes enloquecidos dejan sus casas, desertan de sus pueblos, abandonan sus cultivos, diciéndose perseguidos, poseídos, gobernados como un rebaño humano por seres invisibles aunque tangibles, una especie de vampiros que se alimentan con sus vidas durante el sueño, y que además beben agua y leche sin tocar, al parecer, ningún otro alimento.

»El profesor don Pedro Henríquez, acompañado por varios ilustres médicos, ha salido hacia la provincia de Sao Paulo, con el fin de estudiar in situ los orígenes y manifestaciones de esta sorprendente locura, y de proponer al Emperador las medidas que le parezcan más adecuadas para devolver la razón a eas poblaciones delirantes.»

¡Ah! ¡Ah! Recuerdo, recuerdo la hermosa corbeta brasileña que pasó ante mi ventana subiendo el Sena, ¡el pasado 8 de mayo! ¡Me pareció tan bonita, tan blanca, tan alegre! El Ser iba en ella, llegando de allá lejos, ¡donde su raza había nacido! ¡Y me vio! Vio también mi blanca mansión; y saltó del navío a la orilla. ¡Oh, Dios mío!

Ahora sé, adivino. El reinado del hombre ha terminado.

El ha venido, Aquel al que temían los primeros terrores de los pueblos ingenuos, Aquel al que exorcizaban los sacerdotes inquietos, a quien los brujos evocaban en las noches sombrías, sin verlo mostrarse aún, a quien los presentimientos de los dueños pasajeros del mundo atribuyeron todas las formas monstruosas o graciosas de los gnomos, de los espíritus, de los genios, de las hadas, de los trasgos. Después de las groseras concepciones del espanto primitivo, hombres más perspicaces lo presintieron con mayor claridad. Mesmer lo había adivinado, y los médicos, hace ya diez años, han descubierto, de forma concreta, la naturaleza de su poderío antes incluso de que lo ejerciera. Jugaron con esa arma del Señor nuevo, la dominación de una misteriosa voluntad sobre el alma humana esclavizada. Llamaron a eso magnetismo, hipnotismo, sugestión... ¡yo qué sé! ¡Los he visto divertirse como niños imprudentes con ese horrible poder!

¡Desdichados de nosotros! ¡Desdichado del hombre! Él ha venido, él... él... ¿cómo se llama?... él... parece que me grita su nombre, y no lo entiendo... él... sí... lo grita... Escucho... No puedo... repite... el... Horla... Lo he entendido... el Horla... es él... el Horla... ¡Ha venido!

¡Ah! El buitre se ha comido a la paloma; el lobo se ha comido al cordero; el león ha devorado al búfalo de agudos cuernos; el hombre ha matado al león con la flecha, con la espada, con la pólvora; pero el Horla va a hacer con el hombre lo que nosotros hicimos con el caballo y el buey: su cosa, su servidor y su alimento, mediante el solo poder de su voluntad. ¡Desdichados de nosotros!

Y sin embargo el animal, a veces, se rebela y mata al que lo ha domado... yo también quiero... podría... ¡pero es preciso conocerlo, tocarlo, verlo! Los sabios dicen que los ojos de los animales, diferentes de los nuestros, no distinguen igual que los nuestros... Y mi ojo no puede distinguir al recién llegado que me oprime.

¿Por qué? ¡Oh! Ahora recuerdo las palabras del fraile del Mont Saint-Michel: «¿Acaso vemos la cienmilésima parte de lo que existe? Mire, ahí tiene el viento, que es la mayor fuerza de la naturaleza, que tira al suelo al hombre, que derriba edificios, desarraiga árboles, levanta en la mar montañas de agua, destruye los acantilados y arroja contra las rompientes a los grandes navíos, el viento que mata, que silba, que gime, que brama, ¿lo ha visto usted y puede usted verlo? ¡Y sin embargo, existe!»

Y yo seguía meditando: mi ojo es tan débil, tan imperfecto, ¡que no distingue siquiera los cuerpos duros, si son transparentes como el cristal! Si un espejo sin azogue me obstruye el camino, mi ojo me lanza contra él como el pájaro que ha entrado en una habitación se rompe la cabeza contra los cristales. ¡Y otras mil cosas más lo engañan y despistan! ¿Qué hay de extraño, entonces, en que no sepa percibir un cuerpo nuevo al que la luz atraviesa?

¡Un ser nuevo! ¿Por qué no? ¡Seguramente tenía que venir! ¿Por qué íbamos a ser nosotros los últimos? ¡Y no lo distinguimos, al igual que a todos los demás seres creados antes de nosotros! Es porque su naturaleza es más perfecta, su cuerpo más sutil y acabado que el nuestro, que el nuestro tan débil, tan torpemente concebido, atestado de órganos perennemente fatigados, siempre forzados como resortes demasiado complejos, que el nuestro, que vive como una planta y como un animal, alimentándose penosamente de aire, de hierbas, y de carne, máquina animal presa de las enfermedades, de las deformaciones, de las putrefacciones, asmática, mal regulada, ingenua y rara, ingeniosamente mal hecha, obra grosera y delicada, esbozo de ser que podría convertirse en inteligente y soberbio.

Somos unos cuantos, tan poca cosa en este mundo, desde la ostra al hombre. ¿Por qué no uno más, una vez transcurrido el período que separa las sucesivas apariciones de todas las diversas especies?

¿Por qué no uno más? ¿Por qué no también otros árboles de flores inmensas, deslumbrantes y que perfumen regiones enteras? ¿Por qué no otros elmentos que el fuego, el aire, la tierra y el agua? Son cuatro, nada más que cuatro, ¡estos padres nutricios de los seres! ¡Qué lástima! ¿Por qué no son cuarenta, cuatrocientos, cuatro mil? ¡Qué pobre, mezquino y miserable todo! Avaramante dado, secamente inventado, pesadamente hecho. ¡Ah! ¡Cuánta gracia en el elefante, en el hipopótamo! ¡Cuánta elegancia en el camello!

Pero, dirán ustedes, ¿y la mariposa? ¡Una flor que vuela! Yo sueño con una que fuera tan grande como cien universos, con alas cuya forma, belleza, color y movimiento no acierto a expresar. Pero la veo... va de estrella en estrella, refrescándolas y embalsamándolas con el soplo armonioso y leve de su carrera... ¡Y los pueblos de allá arriba la miran pasar, extasiados y encantados!...

....

¿Qué me pasa? Es él, él, el Horla, que me obsesiona, ¡qué me hace pensar estas locuras! Está en mí, se convierte en mi alma; ¡lo mataré!

19 de agosto.—Lo mataré. ¡Lo he visto! Ayer por la noche me senté a mi mesa; y fingí escribir con gran atención. Sabía que vendría a merodear a mi alrededor, muy cerca, ¿tan cerca que podría acaso tocarlo, atraparlo?... ¡Y entonces!... entonces, yo tendría la fuerza de la desesperación; tendría mis manos, mis rodillas, mi pecho, mi frente, mis dientes para estrangularlo, aplastarlo, morderlo, desgarrarlo.

Y lo acechaba con todos mis órganos sobreexcitados.

Había encendido mis dos lámparas, y las ocho velas de la chimenea, como si hubiera podido, con tanta claridad, descubrirlo.

Frente a mí, la cama, una vieja cama de roble con columnas; a la derecha, la chimenea; a la izquierda, la puerta cuidadosamente cerrada, tras haberla dejado un buen rato abierta, con el fin de atraerlo; a mis espaldas, un alto armario de luna, que me servía todos los días para afeitarme, para vestirme, y donde solía mirarme, de pies a cabeza, cada vez que pasaba ante él.

Así, pues, fingía escribir, para engañarlo, pues él me espiaba también; y de pronto, sentí, estuve seguro de que leía por encima de mi hombro, que estaba allí, rozando mi oreja.

Me levanté, con las manos extendidas, y volviéndome con tanta rapidez que estuve a punto de caerme. ¿Y qué?... Se veía como en pleno día, ¡y no me vi en mi espejo!... ¡Estaba vacío, claro, profundo, lleno de luz! Mi imagen no aparecía en él... ¡y yo estaba enfrente! Veía el gran cristal límpido de arriba abajo. Y miraba aquello con ojos enloquecidos; y no me atrevía a avanzar, no me atrevía a hacer un movimiento, aunque sintiendo perfectamente que él estaba allí, pero que se me escaparía de nuevo, él, cuyo cuerpo imperceptible había devorado mi reflejo.

¡Qué miedo tuve! Y después, de repente empecé a distinguirme entre una bruma, al fondo del espejo, entre una bruma como a través de una capa de agua; y me parecía que ese agua se deslizaba de izquierda a derecha, lentamente, perfilando más mi imagen de un segundo a otro. Era como el final de un eclipse. Lo que me ocultaba no parecía poseer contornos netamente definidos, sino una especie de transparencia opaca, que se aclaraba poco a poco.

Por fin pude distinguirme por completo, como lo hago cada día al mirarme.

¡Lo había visto! Y ha quedado en mí un espanto que aún me hace temblar.

20 de agosto.—Matarlo, ¿cómo? ¡No puedo llegar a él! ¿Con veneno?, me vería mezclarlo con el agua; y nuestros venenos, por lo demás, ¿surtirían efecto en su cuerpo imperceptible? No... no... no cabe duda... ¿Y entonces?... ¿entonces?...

21 de agosto.—He mandado venir un cerrajero de Ruán, y le he encargado para mi cuarto una de esas persianas de hierro, como las que tienen en París ciertas casas particulares, en la planta baja, por miedo a los ladrones. Me hará, además, una puerta similar. He pasado por cobarde, ¡pero me trae sin cuidado!...

....

10 de septiembre.—Ruán, hotel Continental... Ya está... ya está... Pero ¿habrá muerto? Mi alma está trastornada por lo que he visto.

Ayer, después de que el cerrajero instaló mi persiana y mi puerta de hierro, dejé todo abierto hasta medianoche, aunque empezaba a hacer frío.

De repente, sentí que él estaba allí y me asaltó una gran alegría, una alegría loca. Me levanté lentamente, y caminé a la derecha, a la izquierda, un buen rato, para que él no adivinase nada; después me quité los botines y me puse las zapatillas con negligencia; después cerré la persiana de hierro, y, volviendo a pasos tranquilos hacia la puerta, cerré también la puerta con doble vuelta. Regresando entonces a la ventana, la sujeté con un candado, cuya llave me metí en el bolsillo.

De repente, comprendí que él se agitaba a mi alrededor, que tenía miedo a su vez, que me ordenaba que abriese. A punto estuve de ceder; no cedí, y, adosándome a la puerta, la entreabrí, lo justo para pasar yo, andando hacia atrás; y como soy muy alto mi cabeza tocaba el dintel. Estaba seguro que no había podido escapar y lo encerré, solo, completamente solo. ¡Qué alegría! ¡Lo había atrapado! Entonces bajé, corriendo; cogí en el salón, debajo de mi cuarto, mis dos velones y derramé todo el aceite sobre la alfombra, los muebles, por todas partes; después le prendí fuego y me escapé, tras haber cerrado bien, con doble vuelta, la gran puerta de entrada.

Y fui a esconderme al fondo del jardín, en un macizo de laureles. ¡Qué largo se me hizo! ¡qué largo se me hizo! Todo estaba negro, mudo, inmóvil; ni un soplo de aire, ni una estrella, montañas de nubes que no se veían, pero que pesaban sobre mi alma mucho, muchísimo.

Miraba mi casa, y esperaba. ¡Qué largo se me

hizo! Creía ya que el fuego se había apagado solo, o lo había apagado Él, cuando una de las ventanas de abajo reventó con el empuje del incendio, y una llama, una gran llama roja y amarilla, larga, acariciadora, ascendió a lo largo de la pared blanca y la besó hasta el tejado. Un resplandor corrió por los árboles, por las ramas, por las hojas, y un temblor, un temblor de miedo también. Los pájaros se despertaban, un perro empezó a aullar; ¡me pareció que amanecía! Otras dos ventanas estallaron al punto, y vi que toda la planta baja de mi morada no era sino una espantosa hoguera. Pero un grito, un grito horrible, muy agudo, desgarrador, un grito de mujer cruzó la noche, ¡y se abrieron dos bohardillas! ¡Me había olvidado de mis criados! ¡Vi sus rostros enloquecidos y sus brazos que se agitaban!...

Entonces, transido de horror, eché a correr hacia el pueblo gritando: «¡Auxilio! ¡auxilio! ¡Fuego! ¡fuego!» ¡Encontré gente que llegaba ya y regresé con ellos para ver!

La casa, ahora, no era sino una pira horrible y magnífica, una pira monstruosa, que iluminaba toda la tierra, una pira donde ardían hombres y donde ardía también Él, Él, mi prisionero, el Ser nuevo, el nuevo dueño, ¡el Horla!

De pronto el tejado entero se hundió entre los

muros, y un volcán de llamas brotó hasta el cielo. Por todas las ventanas abiertas sobre aquel horno yo veía la cuba de fuego, y pensaba que él estaba allí, en aquella hoguera, muerto...

¿Muerto? ¿Puede ser?... Su cuerpo, su cuerpo que la luz atravesaba ¿no será indestructible por los medios que matan los nuestros?

¿Y si no hubiera muerto?... acaso sólo el tiempo tiene poder sobre el Ser Invisible y Temible. ¿Para qué ese cuerpo transparente, ese cuerpo incognoscible, ese cuerpo de Espíritu, si debiera temer, también él, las enfermedades, las heridas, las invalideces, la destrucción prematura?

¿La destrucción prematura? ¡Todo el terror humano procede de ella! Después del hombre, el Horla. Después de aquel que puede morir cualquier día, a cualquier hora, a cualquier minuto, de cualquier accidente, ¡ha venido aquel que no debe morir sino en su día, en su hora, en su minuto, porque ha llegado al límite de su existencia!

No... no... no cabe duda, no cabe la menor duda... no ha muerto... Y entonces... entonces... ¡va a ser preciso que me mate yo!...

....

Le Horla, 1886

El albergue

Semejante a todas las hospederías de madera construidas en los altos Alpes, al pie de los glaciares, en esos pasadizos rocosos y pelados que cortan las cimas blancas de las montañas, el albergue de Schwarenbach sirve de refugio a los viajeros que siguen el paso de la Gemmi.

Durante seis meses permanece abierto, habitado por la familia de Jean Hauser; después, en cuanto las nieves se amontonan, llenando el valle y haciendo impracticable la bajada a Loëche, las mujeres, el padre y los tres hijos se marchan, y dejan al cuidado de la casa al viejo guía Gaspard Hari con el joven guía Ulrich Kunsi, y Sam, un gran perro de montaña.

Los dos hombres y el animal se quedan hasta

la primavera en aquella cárcel de nieve, teniendo ante los ojos solamente la inmensa y blanca pendiente del Balmhorn, rodeados de cumbres pálidas y brillantes, encerrados, bloqueados, sepultados bajo la nieve que asciende a su alrededor, envuelve, abraza, aplasta la casita, se acumula en el tejado, llega a las ventanas y tapia la puerta.

Era el día en que la familia Hauser iba a volver a Loëche, pues el invierno se acercaba y la bajada se volvía peligrosa.

Tres mulos partieron delante, cargados de ropas y enseres y guiados por los tres hijos. Después la madre, Jeanne Hauser, y su hija Louise subieron a un cuarto mulo, y se pusieron en camino a su vez.

El padre las seguía acompañado por los dos guardas, que debían escoltar a la familia hasta lo alto de la pendiente.

Rodearon primero el pequeño lago, helado ahora en el fondo del gran hueco de rocas que se extiende ante el albergue, y después siguieron por el valle, blanco como una sábana y dominado por todos los lados por cumbres nevadas.

El sol inundaba aquel desierto blanco resplandeciente y helado, lo iluminaba con llamas cegadoras y frías; ninguna vida aparecía en aquel océano de montañas; ningún movimiento en aquella desmesurada soledad; ningún ruido turbaba su profundo silencio.

Poco a poco Ulrich Kunsi, el guía joven, un suizo muy alto de largas piernas, dejó atrás al padre Hauser y al viejo Gaspard Hari, para alcanzar el mulo que llevaba a las dos mujeres.

La más joven lo veía llegar, parecía llamarlo con ojos tristes. Era una campesinita rubia, cuyas mejillas lechosas y cuyos cabellos pálidos parecían descoloridos por las largas estancias entre los hielos.

Cuando hubo alcanzado al animal que la llevaba, posó la mano en la grupa y aflojó el paso. La señora Hauser empezó a hablarle, enumerando con infinitos detalles todas las recomendaciones para la invernada. Era la primera vez que él se quedaba allá arriba, mientras que el viejo Hari ya había pasado catorce inviernos bajo la nieve en el albergue de Schwarenbach.

Ulrich Kunsi escuchaba, sin tener pinta de entender, y miraba sin cesar a la joven. De vez en cuando respondía: «Sí, señora Hauser.» Pero su pensamiento parecía lejos y su rostro tranquilo seguía impasible.

Llegaron al lago de Daube, cuya gran superficie helada se extendía, muy lisa, al fondo del valle. A la derecha, el Daubehorn mostraba sus peñascos negros cortados a pico cerca de las enormes morrenas del glaciar de Loemmern que dominaba el Wildstrubel.

Cuando se acercaron al puerto de la Gemmi, donde comienza la bajada hacia Loëche, descubrieron de repente el inmenso horizonte de los Alpes del Valais, de los que los separaba el profundo y ancho valle del Ródano.

Había, a lo lejos, cumbres blancas sin cuento, desiguales, achatadas o picudas y brillantes bajo el sol: el Mischabel con sus dos cuernos, el poderoso macizo del Wissehorn, el pesado Brunnegghor, la alta y temible pirámide del Cervino, asesino de hombres, y la Dent Blanche, esa monstruosa coqueta.

Después, debajo de ellos, en un agujero inmenso, al fondo de un abismo espantoso, divisaron Loëche, cuyas casas parecían granos de arena arrojados a esa hendidura enorme que limita y cierra la Gemmi, y que se abre, allá al fondo, sobre el Ródano.

El mulo se detuvo al borde del sendero que avanza, serpenteando, con incesantes vueltas y revueltas, fantástico y maravilloso, a lo largo de la montaña recta, hasta la aldehuela casi invisible, a sus pies. Las mujeres desmontaron en la nieve.

Los dos viejos se habían reunido con ellos.

«Vamos, dijo el viejo Hauser, adiós y ánimo, amigos míos, hasta el año próximo.»

El viejo Hari repitió: «Hasta el año próximo.»

Se besaron. Después la señora Hauser, a su vez, les ofreció las mejillas; y la joven hizo otro tanto.

Cuando le llegó el turno a Ulrich Kunsi, murmuró al oído de Louise: «No se olvide de los de aquí arriba.» Ella respondió un «no» tan bajo que él lo adivinó sin oírlo.

«Vamos, adiós, repitió Jean Hauser, a seguir bien.»

Y, pasando ante las mujeres, empezó a bajar.

Pronto desaparecieron los tres por el primer recodo del camino.

Y los dos hombres regresaron hacia el albergue de Schwarenbach.

Marchaban lentamente, uno junto a otro, sin hablar. Se había acabado, se quedarían solos, frente a frente, cuatro o cinco meses.

Después Gaspard Hari empezó a contar su vida durante el invierno pasado. Se había quedado con Michel Canol, demasiado anciano ahora para volver a hacerlo, pues durante la prolongada soledad puede ocurrir cualquier accidente. No se habían aburrido, por lo demás; todo estribaba en resignarse desde el primer día; y se acababa por inventar distracciones, juegos, muchos pasatiempos.

Ulrich Kunsi lo escuchaba, los ojos bajos, siguiendo con el pensamiento a los que bajaban hacia el pueblo por todas las ondulaciones de la Gemmi.

Pronto divisaron el albergue, apenas visible, tan pequeño, un punto negro al pie de la monstruosa ola de nieve.

Cuando abrieron, Sam, el gran perro rizoso, empezó a brincar en torno a ellos.

«Vamos, hijo, dijo el viejo Gaspard, ya no tenemos mujeres ahora, hay que hacer la cena; monda patatas.»

Y los dos, sentándose en taburetes de madera, empezaron a preparar la sopa.

La mañana del siguiente día le pareció larga a Ulrich Kunsi. El viejo Hari fumaba y escupía al lar, mientras que el joven miraba por la ventana la resplandeciente montaña frontera a la casa. Salió por la tarde y, repitiendo el trayecto de la víspera, buscaba en el suelo las huellas de los cascos del mulo que había llevado a las dos mujeres. Después, cuando estuvo en el puerto de la Gemmi, se tumbó sobre el vientre al borde del abismo y miró hacia Loëche.

El pueblo, en su pozo de rocas, aún no estaba anegado bajo la nieve, aunque ésta llegase muy cerca, detenida en seco por los bosques de abetos que protegían sus alrededores. Sus casas bajas parecían, desde allá arriba, adoquines en un prado.

La hija de los Hauser estaba allí, ahora, en una de aquellas grises moradas. ¿En cuál? Ulrich Kunsi se hallaba demasiado lejos para distinguirlas por separado. ¡Cómo le hubiera gustado bajar, mientras aún estaba a tiempo!

Pero el sol había desaparecido tras la gran cima del Wildstrubel, y el joven regresó. El viejo Hari fumaba. Al ver entrar a su compañero, le propuso una partida de cartas; y se sentaron uno frente a otro a ambos lados de la mesa.

Jugaron mucho tiempo, a un juego sencillo que se llama brisca, y después, habiendo cenado, se acostaron.

Los días siguientes fueron parecidos al primeros, claros y fríos, sin nuevas nieves. El viejo Gaspard se pasaba las tardes acechando a las águilas y a los pocos pájaros que se aventuran por aquellas cumbres heladas mientras que Ulrich volvía regularmente al puerto de la Gemmi para contemplar el pueblo. Después jugaban a las cartas, a los dados, al dominó, ganaban y perdían pequeños objetos para dar interés a las partidas.

Una mañana, Hari, que se había levantado el primero, llamó a su compañero. Una nube movediza, profunda y ligera, de espuma blanca, se abatía sobre ellos, a su alrededor, sin ruido, los sepultaba poco a poco bajo un espeso y sordo colchón de nieve. Duró cuatro días y cuatro noches. Hubo que despejar la puerta y las ventanas, cavar un pasillo y tallar peldaños para escalar aquel polvo helado que doce horas de escarcha habían vuelto más duro que el granito de las morrenas.

Entonces vivieron como prisioneros, sin aventurarse ya lejos de su morada. Se habían repartido las tareas, que realizaban con regularidad. Ulrich Kunsi se encargaba de fregar, de lavar, de todos los cuidados y tareas de limpieza. También era el que partía la leña, mientras que Gaspard Hari cocinaba y mantenía el fuego. Sus quehaceres, regulares y monótonos, eran interrumpidos por largas partidas de cartas o de dados. Nunca reñían, pues los dos eran tranquilos y plácidos. Tampoco nunca se mostraban impacientes, de mal humor, ni se decían palabras agrias, pues habían hecho provisión de resignación para la invernada en las cumbres.

A veces el viejo Gaspard cogía su escopeta y marchaba en busca de gamuzas; mataba alguna de vez en cuando. Entonces era día de fiesta en el albergue de Schwarenbach, con un gran banquete de carne fresca.

Una mañana, salió así. El termómetro de fuera marcaba dieciocho bajo cero. Como el sol aún no había salido, el cazador esperaba sorprender a los animales en las proximidades del Wildstrubel.

Ulrich, solo, se quedó hasta las diez en cama. Era de natural dormilón; pero no se hubiera atrevido a abandonarse así a su inclinación en presencia del viejo guía, siempre activo y madrugador.

Almorzó lentamente con Sam, que también se pasaba los días y las noches durmiendo junto al fuego; y después se sintió triste, casi asustado por la soledad, y asaltado por la necesidad de la cotidiana partida de cartas, como suele ocurrir con el deseo de un hábito invencible.

Entonces salió para ir al encuentro de su compañero, que debía regresar a las cuatro.

La nieve había nivelado todo el profundo valle, colmando las grietas, borrando los dos lagos, acolchando las rocas; formaba sólo, entre las inmensas cumbres, una inmensa concavidad blanca regular, cegadora y helada.

Hacía tres semanas que Ulrich no había vuelto al borde del abismo desde donde miraba el pueblo. Quiso regresar allá antes de subir las pendientes que conducían al Wildstrubel. Loëche estaba ahora plantado en la nieve, y ya no se reconocían casi las casas, sepultadas bajo aquel manto pálido.

Después, girando a la derecha, llegó al glaciar de Loemmern. Avanzaba con su paso largo de montañés, golpeando con su bastón herrado la nieve, dura como una piedra. Y buscaba con su aguda vista el puntito negro y móvil, a lo lejos, sobre aquella alfombra desmesurada.

Cuando estuvo a la orilla del glaciar se detuvo, preguntándose si el viejo habría tomado aquel camino; después se puso a bordear las morrenas con pasos más rápidos e inquietos.

La luz disminuía; la nieve se volvía rosada; un viento seco y helado corría con bruscas ráfagas sobre su superficie de cristal. Ulrich lanzó una llamada aguda, vibrante, prolongada. La voz se perdió en el silencio de muerte en el que dormían las montañas; corrió a lo lejos, sobre las olas inmóviles y profundas de espuma glacial, como un grito de pájaro sobre las olas del mar; después se extinguió sin que nada le respondiese.

Reanudó la marcha. El sol se había hundido, allá abajo, tras las cimas que los reflejos del cielo teñían de púrpura aún; pero las profundidades del valle se estaban poniendo grises. Y el joven tuvo miedo de repente. Le pareció que el silencio, el frío, la soledad, la muerte invernal de aquellos montes entraban en él, iban a detener y helar su sangre, a entumecer sus miembros, a convertirlo en un ser inmóvil y helado. Y echó a correr, huyendo hacia la casa. El viejo, pensaba, habría regresado durante su ausencia. Había tomado otro camino; estaría sentado al amor de la lumbre, con una gamuza muerta a sus pies.

Pronto divisó el albergue. No salía ningún humo. Ulrich corrió más de prisa, abrió la puerta. Sam se abalanzó a hacerle fiestas, pero Gaspard Hari no había regresado.

Asustado, Kunsi giró sobre sí mismo, como si hubiera esperado descubrir a su compañero escondido en un rincón. Después encendió el fuego y preparó la sopa, esperando siempre ver aparecer al anciano.

De vez en cuando, salía para ver si llegaba. Había caído la noche, la macilenta noche de las montañas, la pálida noche, la lívida noche que iluminaría, al borde del horizonte, una media luna amarilla y fina a punto de ocultarse tras las cumbres.

Después el joven volvía a entrar, se sentaba, se calentaba los pies y las manos imaginando todos los posibles accidentes.

Gaspard había podido romperse una pierna, caer en un hoyo, dar un paso en falso que le había torcido el tobillo. Y permanecía tendido en la nieve, presa del frío, entumecido, angustiado, perdido, quizás pidiendo auxilio, llamando con toda la fuerza de sus pulmones en el silencio de la noche.

Pero ¿dónde? La montaña era tan vasta, tan dura, tan peligrosa en las cercanías, sobre todo en esta estación, que habrían sido precisos diez o veinte guías y caminar durante ocho días en todas las direcciones para encontrar a un hombre en aquella inmensidad.

Ulrich Kunsi, sin embargo, se decidió a salir con Sam si Gaspard Hari no había vuelto entre la medianoche y la una de la madrugada.

E hizo sus preparativos.

Metió víveres para dos días en una bolsa, cogió sus garfios de hierro, se arrolló a la cintura una cuerda larga, delgada y fuerte, comprobó el estado de su bastón herrado y de la hachuela que sirve para tallar escalones en el hielo. Después esperó. El fuego ardía en la chimenea; el gran perro roncaba bajo la claridad de la llama; el reloj palpitaba como un corazón con golpes regulares en su caja de madera sonora.

Esperaba, la oreja aguzada a los ruidos lejanos, estremeciéndose cuando el leve viento rozaba el tejado y los muros.

Sonó la medianoche; él se estremeció. Después, como se notaba tembloroso y acobardado, puso agua al fuego, con el fin de tomar un café muy caliente antes de ponerse en camino.

Cuando el reloj dio la una, se levantó, despertó a Sam, abrió la puerta y echó a andar en dirección al Wildstrubel. Durante cinco horas trepó, escalando las rocas con ayuda de los garfios, cortando el hielo, avanzando siempre y a veces izando, con la cuerda, al perro que se había quedado al pie de una escarpadura demasiado abrupta. Eran cerca de las seis cuando llegó a una de las cumbres donde el viejo Gaspard solía ir en busca de gamuzas.

Y esperó a que amaneciera.

El cielo palidecía sobre su cabeza; y de pronto un extraño resplandor, nacido no se sabe dónde, iluminó bruscamente el inmenso océano de las pálidas cimas que se extendían en cien leguas a la redonda. Hubiérase dicho que aquella vaga claridad brotaba de la propia nieve para difundirse por el espacio. Poco a poco las más altas cumbres lejanas se volvieron todas de un rosa tierno como la carne, y el rojo sol apareció tras los pesados gigantes de los Alpes berneses.

Ulrich Kunsi reanudó su camino. Marchaba como un cazador, inclinado, rastreando huellas, diciéndole al perro: «Busca, pequeño, busca.»

Bajaba la montaña ahora, registrando con la mirada las simas, y a veces, al llamar, lanzando un grito prolongado, muerto muy pronto en la inmensidad muda. Entonces pegaba la oreja al suelo, para escuchar; creía percibir una voz, echaba a correr, llamaba de nuevo, no oía ya nada y se sentaba, agotado, desesperado. Hacia mediodía almorzó y le dio la comida a Sam, tan cansado como él mismo. Después reanudó su búsqueda.

Cuando anocheció, seguía caminando, habiendo recorrido cincuenta kilómetros de montaña. Como se hallaba demasiado lejos de la casa para volver a ella, y demasiado fatigado para arrastrarse más tiempo, cavó un hoyo en la nieve y se agazapó en él con su perro, bajo una manta que había llevado. Y se acostaron uno junto al otro, aunque helados hasta la médula.

Ulrich apenas durmió, la mente obsesionada por visiones, los miembros sacudidos por escalofríos.

Iba a amanecer cuando se levantó. Tenía las piernas rígidas como barras de hierro, el alma tan débil que casi gritaba de angustia, el corazón tan palpitante que casi se desplomaba de emoción en cuanto creía oír el menor ruido.

Pensó de pronto que también él se iba a morir de frío en aquella soledad, y el espanto de aquella muerte, fustigando su energía, despertó su vigor.

Descendía ahora hacia el albergue, cayendo, levantándose, seguido de lejos por Sam, que cojeaba de una pata.

Llegaron a Schwarenbach sólo hacia las cuatro de la tarde. La casa estaba vacía. El joven encendió lumbre, comió y se durmió, tan embrutecido que ya no pensaba en nada.

Durmió mucho tiempo, mucho tiempo, con un

sueño invencible. Pero de pronto una voz, un grito, un nombre «Ulrich», sacudió su profundo letargo y lo hizo erguirse. ¿Había soñado? ¿Era una de esas llamadas extrañas que cruzan por los sueños de las almas inquietas? No, lo oía aún, aquel grito vibrante, metido en sus tímpanos y que seguía en su carne hasta la punta de sus nerviosos dedos. Sí, habían gritado: «¡Ulrich!» Alguien estaba allí, cerca de la casa. No cabían dudas. Abrió la puerta y chillo: «¡Eres tú, Gaspard!» con todo el poder de sus pulmones.

Nada respondió; ni el menor sonido, ni el menor murmullo, ni el menor gemido, nada. Era de noche. La nieve estaba descolorida.

Se había levantado viento, ese viento helado que raja las piedras y no deja nada vivo en aquellas alturas abandonadas. Pasaba con ráfagas bruscas más agostadoras y mortales que el viento de fuego del desierto. Ulrich grito de nuevo: «¡Gaspard! ¡Gaspard! ¡Gaspard!»

Después esperó. ¡Todo seguía mudo en la montaña! Entonces el espanto lo sacudió hasta los huesos. De un salto entró en el albergue, cerró la puerta y corrió los cerrojos; después cayó tiritando en una silla, seguro de que su camarada acababa de llamarlo en el momento en que entregaba su espíritu.

De esto estaba seguro, como se está seguro de vivir o de comer pan. El viejo Gaspard Hari había agonizado durante dos días y tres noches en alguna parte, en un hoyo, en uno de esos hondos barrancos inmaculados cuya blancura es más siniestra que las tinieblas de los subterráneos. Había agonizado durante dos días y tres noches, y acababa de morir ahora mismo pensando en su compañero. Y su alma, apenas libre, había volado hacia el albergue donde dormía Ulrich, y lo había llamado con la virtud misteriosa y terrible que tienen las almas de los muertos para hostigar a los vivos. Había gritado, esa alma sin voz, dentro del alma abrumada del durmiente; había gritado su postrer adiós, o su reproche, o su maldición al hombre que no había buscado lo bastante.

Y Ulrich la sentía allí, muy cerca, detrás del muro, detrás de la puerta que acababa de cerrar. Merodeaba, como un ave nocturna que roza con sus plumas una ventana iluminada; y el joven, enloquecido, estaba a punto de gritar de horror. Quería huir y no se atrevía a salir; no se atrevía ni se atrevería ya en adelante, pues el fantasma se quedaría allí, día y noche, alrededor del albergue, mientras el cuerpo del viejo guía no fuera hallado y depositado en la tierra bendita de un cementerio.

Llegó el día y Kunsi recobró parte de su seguridad con el brillante retorno del sol. Preparó su comida, hizo la del perro, y después se quedó en una silla, inmóvil, el corazón torturado, pensando en el viejo tendido en la nieve.

Después, en cuanto la noche cubrió la montaña, nuevos terrores lo asaltaron. Caminaba ahora por la cocina oscura, apenas iluminada por la llama de una candela, caminaba de un extremo a otro de la pieza, a grandes pasos, escuchando, escuchando por si el grito espantoso de la otra noche iba a cruzar de nuevo el lóbrego silencio del exterior. Se sentía solo, el desdichado, ¡solo como ningún hombre había estado jamás! Estaba solo en aquel inmenso desierto de nieve, solo a dos mil metros sobre la tierra habitada, sobre las casas humanas, sobre la vida que se agita, bulle y palpita, ¡solo en el cielo helado! Lo atenazaban unas ganas locas de escapar a cualquier sitio, de cualquier manera, de bajar a Loëche arrojándose al abismo; pero ni siquiera se atrevía a abrir la puerta, seguro de que el otro, el muerto, le cerraría el camino, para no quedarse también solo allá arriba.

Hacia medianoche, harto de caminar, abrumado de angustia y de miedo, se amodorró por fin en una silla, pues temía la cama como se teme un lugar frecuentado por aparecidos.

Y de pronto el grito estridente de la otra noche le desgarró los oídos, tan agudo que Ulrich extendió el brazo para rechazar al aparecido, y cayó de espaldas con su asiento.

Sam, despertado por el ruido, empezó a aullar como aullan los perros asustados, y daba vueltas alrededor de la vivienda buscando de dónde venía el peligro. Al llegar junto a la puerta, olfateó por debajo, resoplando y husmeando con fuerza, el pelaje erizado, la cola tiesa, gruñendo.

Kunsi, enloquecido, se había levantado y, sujetando la silla por una pata, gritó: «No entres, no entres o te mato.» Y el perro, excitado por aquella amenaza, ladraba con furia contra el invisible enemigo que desafiaba la voz de su amo.

Sam, poco a poco, se calmó y volvió a tumbarse cerca de la lumbre, pero seguía inquieto, la cabeza alzada, los ojos brillantes y gruñendo entre los colmillos.

Ulrich, a su vez, recobró los sentidos, pero como se sentía desfallecer de terror, fue a buscar una botella de aguardiente a la alacena, y tomó, uno tras otro, varios vasos. Sus ideas se volvían vagas; su valor se afirmaba; una fiebre de fuego se deslizaba por sus venas.

Casi no comió al día siguiente, limitándose a beber alcohol. Y durante varios días seguidos vi-

vió así, borracho como una cuba. En cuanto volvía el pensamiento de Gaspard Hari, empezaba a beber hasta el instante en que caía al suelo, abatido por la embriaguez. Y allí se quedaba, de bruces, borracho perdido, con los miembros rotos, roncando, la frente en el suelo. Pero apenas había digerido el líquido enloquecedor y ardiente, el grito, siempre el mismo de «¡Ulrich!», lo despertaba como una bala que le perforase el cráneo; y se erguía tambaleándose aún, extendiendo las manos para no caer, llamando a Sam en su auxilio. Y el perro, que parecía volverse loco como su amo, se precipitaba a la puerta, la arañaba con las patas, la roía con sus largos dientes blancos, mientras el joven, el cuello hacia atrás, la cabeza alzada, sorbía a grandes tragos, como si fuera agua fresca tras una carrera, el aguardiente que en seguida adormecería de nuevo su mente, y su recuerdo, y su pavoroso terror.

En tres semanas se bebió toda su provisión de alcohol. Pero aquella borrachera continua no hacía sino adormecer su espanto, que se despertó con mayor furia cuando fue imposible calmarlo. Entonces la idea fija, exasperada por un mes de embriaguez, y creciendo sin cesar en la total soledad, penetraba en él a la manera de una barrena. Caminaba ahora por su morada como un animal enjaulado, pegando la oreja a la puerta para escuchar si el otro estaba allí, y desafiándolo, a través de los muros.

Después, cuando se adormilaba, vencido por la fatiga, oía la voz que le hacía ponerse en pie de un salto.

Por fin, una noche, semejante a un cobarde sacado de sus casillas, se precipitó hacia la puerta y la abrió para ver al que lo llamaba y para obligarlo a callarse.

Recibió en pleno rostro un soplo de aire frío que lo heló hasta los huesos y volvió a cerrar la hoja y corrió los cerrojos, sin fijarse en que Sam se había lanzado al exterior. Después, temblando, arrojó leña al fuego, y se sentó ante él para calentarse; pero de pronto se estremeció, alguien arañaba el muro llorando.

Gritó enloquecido: «Vete.» Le respondió una queja, larga y dolorosa.

Entonces todo lo que le quedaba de razón fue arrastrado por el terror. Repetía «Vete» girando sobre sí mismo para encontrar un rincón donde ocultarse. El otro, sin dejar de llorar, pasaba a lo largo de la casa frotándose contra el muro. Ulrich se lanzó hacia el aparador de roble lleno de vajilla y provisiones, y, levantándolo con una fuerza sobrehumana, lo arrastró hasta la puerta, para defenderse con una barricada. Después, amontonando unos sobre otros todo lo que quedaba de muebles, los colchones, los jergones, las sillas, tapó la ventana como se hace cuando el enemigo nos sitia.

Pero el de fuera lanzaba ahora grandes gemidos lúgubres a los que el joven empezó a responder con gemidos similares.

Y transcurrieron días y noches sin que cesaran de aullar uno y otro. El uno giraba sin cesar en torno a la casa y clavaba sus uñas en las paredes con tanta fuerza que parecía querer derribarlas; el otro, dentro, seguía todos sus movimientos, encorvado, la oreja pegada a la piedra, y respondía a todas sus llamadas con espantosos gritos.

Una noche, Ulrich no oyó ya nada; y se sentó tan destrozado por el cansancio que se durmió al punto.

Se despertó sin un recuerdo, sin una idea, como si toda la cabeza se le hubiera vaciado durante aquel sueño agotador. Tenía hambre, comió.

....

El invierno había acabado. El paso de la Gemmi volvía a ser practicable, y la familia Hauser se puso en camino para regresar a su albergue.

En cuanto llegaron a lo alto de la cuesta las mujeres se encaramaron al mulo, y hablaron de los dos hombres a quienes iban a ver en seguida.

Les extrañaba que uno de ellos no hubiera bajado unos días antes, en cuanto el camino se había vuelto transitable, para dar noticias de la larga invernada.

Por fin divisaron el albergue, todavía cubierto y acolchado de nieve. La puerta y la ventana estaban cerradas; un poco de humo salía por el tejado, lo cual tranquilizó al viejo Hauser. Pero al acercarse vio, sobre el umbral, un esqueleto de animal descuartizado por las águilas, un gran esqueleto tendido sobre un costado.

Todos lo examinaron: «Debe ser Sam», dijo la madre. Y llamó: «¡Eh, Gaspard!» Un grito respondió en el interior, un grito agudo, que se hubiera dicho lanzado por un animal. El viejo Hauser repitió: «Eh, Gaspard!» Otro grito semejante al primero se dejó oír.

Entonces los tres hombres, el padre y los dos hijos, trataron de abrir la puerta. Resistió. Cogieron en el establo vacío una larga viga para usarla como ariete, y la lanzaron con todo su peso. La madera crujió, cedió, las tablas volaron en pedazos; después un gran ruido estremeció la casa y vieron, dentro, detrás del aparador derribado, a un hombre de pie, con el pelo que le caía por los hombros, una barba que le caía sobre el pecho, ojos brillantes y jirones de tela sobre el cuerpo.

No lo reconocían, pero Louise Hauser exclamó: «¡Es Ulrich, mamá!» Y la madre comprobó que era Ulrich, aun cuando su cabello era blanco.

Los dejó acercarse; se dejó tocar, pero no respondió a las preguntas que le hicieron, y hubo que llevarlo a Loëche, donde los médicos comprobaron que estaba loco.

Y nadie supo jamás qué había sido de su compañero.

La joven Hauser estuvo a punto de morir, aquel verano, de una enfermedad de postración que se atribuyó al frío de la montaña.

L'Auberge, 1 de septiembre de 1886.

La muerta

Yo la había amado locamente! ¿Por qué amamos? Es raro no ver en el mundo sino a un ser, no tener en la mente sino una idea, en el corazón sino un deseo, y en la boca más que un nombre: un nombre que sube sin cesar, que sube, como el agua de un manantial, de las honduras del alma, que sube a los labios, y que decimos, que repetimos, que murmuramos sin cesar en todas partes, al igual que una plegaria.

No contaré nuestra historia. El amor no tiene más que una, siempre la misma. La encontré y la amé. Nada más. Y viví durante un año en su ternura, en sus brazos, en su caricia, en su mirada, en sus trajes, en sus palabras, enredado, ligado, aprisionado en todo lo que venía de ella, de una forma tan completa que ya no sabía si era de día o de noche, si estaba vivo o muerto, en la vieja tierra o en otro lugar.

Y he aquí que se murió. ¿Cómo? No sé, ya no lo sé.

Volvió a casa empapada, una noche de lluvia, y al día siguiente tosía. Tosió durante una semana aproximadamente y guardó cama.

¿Qué ocurrió? Ya no lo sé.

Los médicos venían, escribían, se iban. Se traían remedios; una mujer se los hacía tomar. Sus manos estaban calientes, su frente ardiente y húmeda, su mirada brillante y triste. Yo le hablaba, ella me respondía. ¿Qué nos dijimos? Ya no lo sé. ¡Lo he olvidado todo, todo! Se murió, recuerdo muy bien su breve suspiro, su breve suspiro tan débil, el último. La enfermera dijo: «¡Ay!» ¡Comprendí, comprendí!

No supe nada más. Nada. Vi a un sacerdote que pronunció estas palabras: «Su querida.» Me pareció que la insultaba. Puesto que ella había muerto, nadie tenía derecho a saber eso. Lo despedí. Vino otro que fue muy bondadoso, muy dulce. Yo lloraba cuando él me habló de ella.

Me consultaron mil cosas sobre el entierro. Ya no lo sé. Recuerdo muy bien, sin embargo, el ataúd, el ruido de los martillazos cuando la clavaron dentro. ¡Ay, Dios mío!

¡La enterraron! ¡La enterraron! ¡A ella! ¡En aquel hoyo! Habían ido unas cuantas personas, unas amigas. Escapé. Corrí. Caminé mucho tiempo por las calles. Después volví a casa. Y al día siguiente me marché de viaje.

Ayer he regresado a París.

Cuando volví a ver mi habitación, nuestra habitación, nuestra cama, nuestros muebles, toda esta casa donde había quedado todo lo que queda de la vida de un ser después de su muerte, me asaltó un acceso de pena tan violento que a punto estuve de abrir la ventana y de tirarme a la calle. No pudiendo estar en medio de aquellas cosas, de aquellos muros que la habían encerrado, abrigado, y que debían de guardar en sus imperceptibles rendijas mil átomos de ella, de su carne y de su aliento, cogí el sombrero, con el fin de escapar. De repente, en el momento de llegar a la puerta, pasé ante el gran espejo del vestíbulo que ella había mandado instalar allí para verse, de pies a cabeza, todos los días, al salir, para ver si iba bien arreglada, si estaba correcta y bonita, de las botas al peinado.

Y me detuve frente a aquel espejo que tan a menudo la había reflejado. Tan a menudo, tan a menudo, que había debido conservar también su imagen.

Allí estaba yo de pie, tembloroso, los ojos clavados en el cristal, en el cristal liso, profundo, vacío, pero que la había contenido toda entera, la había poseído tanto como yo, tanto como mi mirada apasionada. Me pareció que amaba a aquel espejo —lo toqué— ¡estaba frío! ¡Oh! ¡El recuerdo, el recuerdo! Espejo doloroso, espejo ardiente, espejo vivo, espejo horrible, ¡que hace sufrir todas las torturas! ¡Dichosos los hombres cuyo corazón, como un espejo por el que se deslizan y se borran los reflejos, olvida cuanto ha contenido, cuanto ha pasado ante él, cuanto se ha contemplado, reflejado, en su cariño, en su amor! ¡Cómo sufro!

Salí y, a mi pesar, sin saber, sin quererlo, marché al cementerio. Encontré su tumba, muy sencilla, una cruz de mármol con estas pocas palabras: «Amó, fue amada, y murió.»

¡Estaba allí, allí abajo, podrida! ¡Qué horror! Sollocé, con la frente pegada al suelo.

Me quedé allí mucho tiempo, mucho tiempo. Después me di cuenta de que caía la noche. Entonces un deseo curioso, loco, un deseo de amante desesperado se apoderó de mí. Quise pasar la noche cerca de ella, última noche, llorando sobre su tumba. Pero me verían, me echarían. ¿Qué hacer? Fui astuto. Me levanté y empecé a errar por aquella ciudad de los desaparecidos. Andaba y andaba.

¡Qué pequeña es esa ciudad al lado de la otra, donde se vive! Y sin embargo esos muertos son mucho más numerosos que los vivos. Necesitamos altas casas, calles, mucho sitio, para las cuatro generaciones que contemplan la luz al mismo tiempo, beben el agua de las fuentes, el vino de los viñedos, y comen el pan de las llanuras.

Y para todas las generaciones de muertos, para toda la escala de la humanidad que desciende hasta nosotros, ¡casi nada, un campo, casi nada! La tierra los recobra, el olvido los borra. ¡Adiós!

En el extremo del cementerio habitado, percibí de repente el cementerio abandonado, ese donde los antiguos difuntos acaban de mezclarse con la tierra, donde las propias cruces se pudren, donde pondrán mañana a los recién llegados. Está lleno de rosas libres, de cipreses vigorosos y negros, un jardín triste y soberbio, alimentado con carne humana.

Estaba solo, muy solo. Me agazapé bajo un verde arbusto. Me oculté en él por entero, entre aquellas ramas pobladas y sombrías.

Y esperé, aferrado al tronco como un náufrago a una tabla.

Cuando la noche fue oscura, muy oscura, abandoné mi refugio y eché a andar despacito, con pasos lentos, con pasos sordos, sobre aquella tierra llena de muertos.

Vagué mucho tiempo, mucho tiempo, mucho tiempo. No la encontraba. Con los brazos extendidos, los ojos abiertos, tropezando en las tumbas con manos, pies, rodillas, pecho, con mi propia cabeza, marchaba sin encontrarla. Tocaba, palpaba como un ciego que busca el camino, palpaba piedras, cruces, verjas de hierro, coronas de cristal, ¡coronas de flores ajadas! Leía los nombres con mis dedos, paseándolos sobre las letras. ¡Qué noche! ¡Qué noche! ¡No la encontraba!

¡No había luna! ¡Qué noche! Tenía miedo, un miedo espantoso por aquellos estrechos senderos, entre dos hileras de tumbas. ¡Tumbas, tumbas, tumbas! ¡Siempre tumbas! A la derecha, a la izquierda, ante mí, a mi alrededor, en todas partes, ¡tumbas! Me senté en una de ellas, pues ya no podía caminar con las rodillas que se me doblaban. ¡Oí latir mi corazón! ¡Y oía también otra cosa! ¿Qué? ¡Un incomprensible rumor confuso! ¿Aquel ruido estaba en mi cabeza enloquecida, en la noche impenetrable, o bajo la tierra misteriosa, bajo la tierra sembrada de cadáveres humanos? ¡Miré a mi alrededor!

¿Cuánto tiempo me quedé allí? No lo sé. Estaba paralizado de terror, estaba ebrio de espanto, a punto de gritar, a punto de morir.

Y de repente me pareció que la losa de mármol en la que estaba sentado se movía. Sí, se movía, como si alguien la alzara. De un salto me lancé sobre la tumba contigua, y vi, sí, vi que la piedra que acababa de abandonar se levantaba; y apareció el muerto, un esqueleto pelado que, con su espalda encorvada, la empujaba. Yo veía, veía muy bien, aunque la noche fuera profunda. En la cruz pude leer:

«Aquí reposa Jacques Olivant, fallecido a la edad de cincuenta y un años. Amaba a los suyos, fue honrado y bondadoso, y murió en la paz del Señor.»

Ahora también el muerto leía las cosas escritas sobre su tumba. Después cogió una piedra del camino, una piedrecita afilada, y empezó a rascarlas con cuidado, aquellas cosas. Las borró del todo, lentamente, mirando con sus ojos vacíos el sitio donde hacía un momento estaban grabadas; y con la punta del hueso que había sido su índice, escribió con letras luminosas, como esas líneas que se trazan en las paredes con la cabeza de una cerilla:

«Aquí reposa Jacques Olivant, fallecido a la edad de cincuenta y un años. Apresuró con sus duras palabras la muerte de su padre a quien deseaba heredar, torturó a su mujer, atormentó a sus hijos, engañó a sus vecinos, robó cuanto pudo y murió miserablemente.»

Cuando hubo acabado de escribir, el muerto inmóvil contempló su obra. Y me di cuenta, al darme la vuelta, de que todas las tumbas estaban abiertas, todos los cadáveres habían salido de ellas, todos habían borrado las mentiras inscritas por los parientes en las lápidas funerarias, para restablecer la verdad.

Y yo veía que todos habían sido verdugos de sus allegados, odiosos, deshonestos, hipócritas, mentirosos, bribones, calumniadores, envidiosos, que habían robado, engañado, realizado todos los actos vergonzosos, todos los actos abominables, aquellos buenos padres, esposas fieles, hijos abnegados, aquellas jóvenes castas, aquellos comerciantes probos, aquellos hombres y mujeres presuntamente irreprochables.

Escribían todos al mismo tiempo, en el umbral de su morada eterna, la cruel, terrible y santa verdad que todo el mundo ignora o finge ignorar sobre la tierra.

Pensé que *ella* también había debido trazarla sobre su tumba. Y ya sin miedo, corriendo entre los ataúdes entreabiertos, entre cadáveres, entre esqueletos, fui hacia ella, seguro de que la encontraría al punto.

La reconocí desde lejos, sin ver el rostro envuelto en el sudario.

Y sobre la cruz de mármol donde hacía un rato había leído:

«Amó, fue amada, y murió.»

Distinguí:

«Habiendo salido un día para engañar a su amante, cogió frío bajo la lluvia, y murió.»

Parece que me recogieron, inanimado, al nacer el día, junto a una tumba.

La morte, 31 de mayo de 1887.

Indice